Uma paixão no deserto

seguido de

A paz conjugal

BALZAC

Uma paixão no deserto

seguido de

A paz conjugal

www.lpm.com.br

L&PM POCKET

COLEÇÃO 96 PÁGINAS

Coleção L&PM POCKET, vol. 1383

Texto de acordo com a nova ortografia.

Título original: Une passion dans le désert / La paix conjugale
Tradução de Uma paixão no deserto: Julia da Rosa Simões
Tradução de A paz conjugal: William Lagos
Capa: Ivan Pinheiro Machado. *Ilustração*: © iStock (AB Photography)
Revisão: Luiza Gressler, Patrícia Yurgel

CIP-Brasil. Catalogação na publicação
Sindicato Nacional dos Editores de Livros, RJ

B158p

Balzac, Honoré de, 1799-1850
Uma paixão no deserto *seguido de* A paz conjugal / Honoré de Balzac; tradução Julia da Rosa Simões, William Lagos. – 1. ed. – Porto Alegre [RS]: L&PM, 2025.
96 p. ; 18 cm. (L&PM POCKET)

Tradução de: *Une passion dans le désert* ; *La paix conjugale*
ISBN 978-65-5666-576-4

1. Ficção francesa. I. Simões, Julia da Rosa. II. Lagos, William. III. Título. IV. Série.

25-97641.0 CDD: 843
CDU: 82-3(44)

Gabriela Faray Ferreira Lopes - Bibliotecária - CRB-7/6643

Rua Comendador Coruja, 314, loja 9 – Floresta – 90.220-180
Porto Alegre – RS – Brasil / Fone: 51.3225.5777

Pedidos & Depto. comercial: vendas@lpm.com.br
Fale conosco: info@lpm.com.br
www.lpm.com.br

Impresso no Brasil
Outono de 2025

Sumário

Apresentação

Balzac e "A comédia humana"

"A comédia humana" é o título geral que dá unidade à obra máxima de Honoré de Balzac e é composta de 89 romances, novelas e histórias curtas.[1] Este enorme painel do século XIX foi ordenado pelo autor em três partes: "Estudos de costumes", "Estudos analíticos" e "Estudos filosóficos". A maior das partes, "Estudos de costumes", com 66 títulos, subdivide-se em seis séries temáticas: Cenas da vida privada, Cenas da vida provinciana, Cenas da vida parisiense, Cenas da vida política, Cenas da vida militar e Cenas da vida rural.

Trata-se de um monumental conjunto de histórias, considerado de forma unânime uma das mais importantes realizações da literatura mundial em todos os tempos. Cerca de 2,5 mil personagens se movimentam pelos vários livros de "A comédia humana", ora como protagonistas, ora como coadjuvantes. Genial observador do seu tempo, Balzac soube como ninguém captar o "espírito" do século XIX. A França, os franceses e a Europa no período entre a Revolução Francesa e a Restauração têm nele um pintor magnífico e preciso. Friedrich Engels, numa carta a Karl

1. A ideia de Balzac era que "A comédia humana" tivesse 137 títulos, segundo seu Catálogo do que conterá "A comédia humana", de 1845. Deixou de fora, de sua autoria, apenas Les cent contes drolatiques, vários ensaios e artigos, além de muitas peças ficcionais sob pseudônimo e esboços que não foram concluídos.

Marx, disse: “Aprendi mais em Balzac sobre a sociedade francesa da primeira metade do século, inclusive nos seus pormenores econômicos (por exemplo, a redistribuição da propriedade real e pessoal depois da Revolução), do que em todos os livros dos historiadores, economistas e estatísticos da época, todos juntos”.

Clássicos absolutos da literatura mundial como *Ilusões perdidas*, *Eugénie Grandet*, *O lírio do vale*, *O pai Goriot*, *Ferragus*, *Beatriz*, *A vendeta*, *Um episódio do terror*, *A pele de onagro*, *Mulher de trinta anos*, *A fisiologia do casamento*, entre tantos outros, combinam-se com dezenas de histórias nem tão célebres, mas nem por isso menos deliciosas ou reveladoras. Tido como o inventor do romance moderno, Balzac deu tal dimensão aos seus personagens que já no século XIX mereceu do crítico literário e historiador francês Hippolyte Taine a seguinte observação: “Como William Shakespeare, Balzac é o maior repositório de documentos que possuímos sobre a natureza humana”.

Balzac nasceu em Tours em 20 de maio de 1799. Com dezenove anos convenceu sua família – de modestos recursos – a sustentá-lo em Paris na tentativa de tornar-se um grande escritor. Obcecado pela ideia da glória literária e da fortuna, foi para a capital francesa em busca de periódicos e editoras que se dispusessem a publicar suas histórias – num momento em que Paris se preparava para a época de ouro do romance-folhetim, fervilhando em meio à proliferação de jornais e revistas. Consciente da necessidade do aprendizado e da sua própria falta de experiência e técnica, começou publicando sob pseudônimos exóticos, como Lord R’hoone e Horace de Saint-Aubin. Escrevia histórias de aventuras, romances policialescos, açucarados, folhetins baratos, qualquer coisa que lhe desse o sustento. Obstinado com seu futuro, evitava usar o seu verdadeiro nome para dar autoria a obras que considerava (e de fato eram) menores. Em 1829, lançou o primeiro livro a ostentar seu nome na capa – A Bretanha em 1800 –, um romance histórico em que tentava seguir o estilo de Sir Walter Scott (1771-1832), o grande romancista escocês autor de romances históricos clássicos, como *Ivanhoé*. Nesse momento, Balzac sente que começou um grande projeto literário e lança-se fervorosamente na sua execução. Paralelamente à enorme produção que detona a partir de 1830, seus delírios de grandeza levam-no a bolar negócios que vão desde gráficas e revistas até minas de prata. Mas fracassa como homem de negócios. Falido e endividado, reage criando obras-primas para pagar seus credores numa destrutiva jornada de trabalho de até dezoito horas diárias. "Durmo às seis da tarde e acordo à meia-noite, às vezes passo 48 horas sem dormir...", queixava-se em cartas aos amigos. Nesse ritmo alucinante, ele produziu alguns de seus livros mais conhecidos e despontou para a fama e para a glória. Em 1833, teve a antevisão do conjunto de sua obra e passou a formar uma grande "sociedade", com famílias, cortesãs, nobres, burgueses, notários, personagens de bom ou mau caráter, vigaristas, camponeses, homens honrados, avarentos, enfim, uma enorme galeria de tipos que se cruzariam em várias histórias diferentes sob o título geral de "A comédia humana". Convicto da importância que representava a ideia de unidade para todos os seus romances, escreveu à sua irmã, comemorando: "Saudai-me, pois estou seriamente na iminência de tornar-me um gênio". Vale ressaltar que nesta imensa galeria de tipos, Balzac criou um espetacular conjunto de personagens femininos que – como dizem unanimemente seus biógrafos e críticos – tem uma dimensão muito maior do que o conjunto dos seus personagens masculinos.

Aos 47 anos, massacrado pelo trabalho, pela péssima alimentação e pelo tormento das dívidas que não o abandonaram pela vida inteira, ainda que com projetos e esboços para pelo menos mais vinte romances, já não escrevia mais. Consagrado e reconhecido como um grande escritor, havia construído em frenéticos dezoito anos este monumento com quase uma centena de livros. Morreu em 18 de agosto de 1850, aos 51 anos, pouco depois de ter casado com a condessa polonesa Ève Hanska, o grande amor da sua vida. O grande intelectual Paulo Rónai (1907-1992), escritor, tradutor, crítico e coordenador da publicação de "A comédia humana" no Brasil, nas décadas de 1940 e 1950, escreveu em seu ensaio biográfico "A vida de Balzac": "Acabamos por ter a impressão de haver nele um velho conhecido, quase que um membro da família – e ao mesmo tempo compreendemos cada vez menos seu talento, esta monstruosidade que o diferencia dos outros homens".[2]

A verdade é que a obra de Balzac sobreviveu ao autor, às suas idiossincrasias, vaidades, aos seus desastres financeiros e amorosos. Sua mente prodigiosa concebeu um mundo muito maior do que os seus contemporâneos alcançavam. E sua obra projetou-se no tempo como um dos momentos mais preciosos da literatura universal. Se Balzac nascesse de novo dois séculos depois, ele veria que o último parágrafo do seu prefácio para "A comédia humana", longe de ser um exercício de vaidade, era uma profecia:

"A imensidão de um projeto que abarca a um só tempo a história e a crítica social, a análise de seus males e a discussão de seus princípios, autoriza-me, creio, a dar à minha obra o título que ela tem hoje: "A comédia humana". É ambicioso? É justo? É o que, uma vez terminada a obra, o público decidirá."

Ivan Pinheiro Machado

---

2. RÓNAI, Paulo. "A vida de Balzac". *In*: BALZAC, Honoré de. *A comédia humana*. Vol. 1. Porto Alegre: Globo, 1940. Rónai coordenou, prefaciou e executou as notas de todos os volumes publicados pela Editora Globo.

Introdução

A amável hipocrisia dos salões; toda forma de amor vale a pena

Balzac tinha a pretensão de ir muito além da literatura com a sua "Comédia humana". Segundo ele, seus livros eram "tratados de costumes" que facilitariam a vida dos historiadores na "compreensão do século XIX". E ele retratou com a precisão de um sociólogo a Paris dos tempos do Império Napoleônico e da restauração da monarquia, realizando um verdadeiro mergulho na alma humana. Dizia que, no fundo, Paris se movia por uma busca desenfreada por "ouro e prazer"; "a luta de todos contra todos sob a amável hipocrisia dos salões, o choque feroz de instintos insaciáveis".

Era uma sociedade transformada inexoravelmente pela revolução de 1789. Em trinta anos vivera uma revolução sangrenta, uma república, um império, a explosão do mito e a queda de Napoleão, e a restauração de uma monarquia saudosista e ineficiente. Era um novo mundo. Fruto da revolução e da administração bonapartista, uma classe média ascendente e uma burguesia definitivamente influente transitavam entre velhos aristocratas falidos e novos-ricos em busca de nobreza. Esta tensão se transportava para o Bois de Bologne, as Tulherias, o hipódromo, a ópera, os salões majestosos dos palacetes de Saint-Germain de Près. Era uma Paris deslumbrante, onde "dândis" impecavelmente cafajestes contracenavam com condessas de pele alva e olhos mediterrâneos. Balzac foi o cronista desta sociedade em transe, descreveu as paixões desenfreadas, os brutais jogos de interesses e "a busca de ouro e prazer". Ilusões que nascem e se perdem num mundo contraditório, que redunda em fortuna para poucos e sofrimento e frustrações para quase todos. Pelo menos assim pensava Honoré de Balzac.

Esta pequena novela "A paz conjugal", que incluímos em nossa Coleção 96 páginas, é a degustação perfeita para quem quer entrar no fascinante mundo da "Comédia humana". Uma saborosa obra-prima de Balzac, ambientada na grande euforia do auge do império napoleônico, Balzac cumpre a proeza de concentrar em poucas dezenas de páginas toda a tensão, as ambiguidades, o "choque feroz dos instintos insaciáveis" que perpassava as relações sociais do "alto mundo" parisiense. Ele faz com leveza e desassombro a descrição precisa e ao mesmo tempo irônica de uma época, com suas idiossincrasias e frivolidades. O mergulho na alma humana e na manipulação de sentimentos combinados com ambição fazem de "A paz conjugal" uma verdadeira pérola dentro da imensa obra balzaquiana.

Publicada pela primeira vez em 1930, na série de romances que Balzac nomeou como Cenas da vida privada dentro da "Comédia humana", esta história acontece integralmente num curto espaço de tempo, durante um baile em um dos principais salões do período napoleônico. Por ali desfilam legendários generais do Grande Exército, a velha e a antiga nobreza, nobres corruptos, milionários e falidos, altos burocratas do Império e – como não poderia deixar de ser – as mais belas mulheres de Paris. Maridos, esposas e amantes socializam, bebem e comem do melhor, enquanto tecem os invisíveis fios do adultério e da disputa pela paixão e pelo poder. Cobertas de joias e seda, as mulheres travam um combate silencioso e feroz, onde disputam a glória de ser a mais bela entre as belas. O que surpreende a todos e o que vai precipitar o alvoroço entre os convivas é a figura de uma belíssima mulher, que ninguém, aparentemente, sabe quem é e que permanece semioculta entre as colunas do salão, com seus olhos tristes e seu impenetrável segredo.

Já "Uma paixão no deserto", que compõe este volume juntamente com "A paz conjugal", não tem nenhum vínculo direto com o conjunto de histórias que formam a "Comédia humana". É peculiar, original, surpreendente e, mais do que tudo, ambíguo. Balzac incluiu este conto na subdivisão Cenas da vida militar, cujo projeto original previa cinco histórias, mas o autor só conseguiu concluir duas: o conto "Uma paixão no deserto" e o romance *A Bretanha de 1799*.

A história começa com um soldado do Grande Exército de Napoleão perdido no deserto durante a campanha do Egito. Quando estava perdendo as forças sob o sol escaldante, encontra um oásis com um poço d'água e palmeiras. E a dormir, próxima ao poço, uma enorme e assustadora pantera. O soldado fica aterrorizado e aí começam as artimanhas literárias do grande narrador. Uma coisa é certa: Balzac nunca é óbvio e o leitor vai se deliciar, principalmente com as entrelinhas. Publicado originalmente pela *Revue de Paris*, em dezembro de 1932, este conto fez grande sucesso entre o público leitor da época.

Ivan Pinheiro Machado

Uma paixão no deserto

– Que espetáculo assustador! – ela exclamou ao sair da exibição de feras do sr. Martin.

Ela havia acabado de observar aquele ousado estudioso *trabalhando* com sua hiena, para falar como nos cartazes.

– Por que meios – ela continuou – terá conseguido domesticar seus animais e ter certeza de sua afeição a ponto de...?

– Esse fato, que lhe parece um enigma – respondi, interrompendo-a –, é, no entanto, uma coisa natural.

– Oh! – ela exclamou, com um sorriso de incredulidade nos lábios.

– Então você acredita que os animais são totalmente desprovidos de paixões? – perguntei. – Saiba que podemos atribuir a eles todos os vícios devidos a nosso estado de civilização.

Ela me olhou com espanto.

– Mas, quando vi o sr. Martin pela primeira vez – continuei –, confesso que, como você, não pude evitar uma exclamação de surpresa. Eu estava ao lado de um antigo militar, amputado da perna direita, que havia entrado comigo. Sua fisionomia chamara minha atenção. Era um desses rostos intrépidos, marcados pela guerra, nos quais podíamos ler as batalhas de Napoleão. Aquele veterano tinha, ainda por cima, o ar de franqueza e alegria que sempre me cativa. Sem dúvida era um desses soldados que não se surpreendem com nada, que encontram motivo para rir até no derradeiro esgar de um camarada, que o enterram ou saqueiam alegremente, que desafiam projéteis com autoridade, enfim, que são breves em suas deliberações e que confraternizariam com o diabo. Depois de observar com muita atenção o proprietário do circo saindo da tenda, meu companheiro apertou os lábios como se expressasse um zombeteiro desprezo, uma espécie de careta sugestiva que os homens superiores se permitem para se distinguirem dos ingênuos. Assim, quando manifestei admiração pela coragem do sr. Martin, ele sorriu e me disse com um ar confiante, balançando a cabeça:

"– Nada de mais!

"– Como assim, nada de mais? – respondi. – Se puder me explicar esse mistério, ficarei muito agradecido."

Depois de alguns instantes, durante os quais nos apresentamos, fomos jantar no primeiro restaurante que encontramos. Durante a sobremesa, uma garrafa de vinho de Champanhe fez com que as lembranças daquele curioso soldado voltassem com toda clareza. Ele me contou sua história, e reconheci que tinha razão de exclamar: "Nada de mais!".

De volta à casa dela, fui alvo de tantas atenções, de tantas promessas, que acabei consentindo em lhe redigir a confidência do soldado. No dia seguinte, ela recebeu o seguinte episódio de uma epopeia que poderia se intitular "Os franceses no Egito".

Durante a expedição conduzida pelo general Desaix no Alto Egito, um soldado provençal, capturado pelos magrebinos, foi levado por esses árabes para os desertos situados além das cataratas do Nilo. Para garantir uma distância suficientemente tranquila entre eles e o exército francês, os magrebinos empreenderam uma marcha forçada e só pararam à noite. Eles acamparam em torno de um poço escondido por palmeiras, junto às quais haviam previamente enterrado algumas provisões. Sem imaginar que o prisioneiro pudesse considerar a ideia de fuga, contentaram-se em amarrar suas mãos e foram dormir, depois de comer algumas tâmaras e dar cevada aos cavalos. Quando o ousado provençal viu seus inimigos incapazes de vigiá-lo, usou os dentes para pegar uma cimitarra; depois, com a ajuda dos joelhos para fixar a lâmina, cortou as cordas que o privavam do uso das mãos e se soltou. Imediatamente, apoderou-se de uma carabina e de um punhal, precaveu-se com uma reserva de tâmaras secas, um pequeno saco de cevada, pólvora e balas, prendeu uma cimitarra à cintura, montou num cavalo e galopou na direção que supôs levar ao exército francês. Ansioso por encontrar um acampamento, forçou tanto o já fatigado animal que o pobre morreu, com os flancos rasgados, deixando o francês no meio do deserto.

Depois de caminhar por algum tempo na areia, com a determinação de um prisioneiro em fuga, o soldado se viu obrigado a parar, pois o dia chegava ao fim. Apesar da beleza do céu noturno do Oriente, ele não tinha forças para continuar. Felizmente, alcançara uma elevação da qual se erguiam algumas palmeiras, cujas folhas, avistadas de longe, despertaram as mais doces esperanças em seu coração. Seu cansaço era tão grande que ele se deitou sobre uma pedra de granito, curiosamente talhada como um catre, e adormeceu sem tomar nenhuma precaução para sua defesa durante o sono. Ele havia renunciado à própria vida. Sua última reflexão foi inclusive de arrependimento por ter deixado os magrebinos, cuja vida errante começava a parecer atraente agora que estava longe deles e sem ajuda. Ele foi despertado pelo sol, cujos raios impiedosos, batendo direto no granito, produziam um calor insuportável. O provençal cometera a imprudência de se deitar em sentido inverso à sombra projetada pelas copas verdes e majestosas das palmeiras... Observou aquelas árvores solitárias e estremeceu! Elas lhe lembraram os fustes elegantes encimados por longas folhas das colunas sarracenas da catedral de Arles. Mas, depois de contar as palmeiras e olhar em volta, foi tomado pelo mais terrível desespero. Ele via um oceano sem limites. As areias escuras do deserto se estendiam a perder de vista em todas as direções, brilhando como uma lâmina de aço sob uma luz intensa. Ele não sabia se era um mar de gelo ou lagos mais lisos que um espelho. Carregado em ondas, um vapor ardente turbilhonava acima daquela terra movediça. O céu, de um azul oriental e uma pureza desesperadora, não deixava nada a desejar à imaginação. Céu e terra pareciam em chamas. O silêncio assustava por sua selvagem e terrível majestade. O infinito e a imensidão oprimiam a alma por todos os lados: nenhuma nuvem no céu, nenhuma brisa no ar, nenhuma alteração na areia agitada por pequenas ondulações; o horizonte, como o mar em dias claros, terminava numa linha de luz tão fina quanto o fio de um sabre. O provençal abraçou o tronco de uma das palmeiras como se fosse o corpo de um amigo; depois, sob a sombra estreita e reta que a árvore desenhava no granito, chorou, se sentou e contemplou, com uma tristeza profunda, a cena implacável diante de seus olhos. Ele gritou como se quisesse desafiar a solidão. Sua voz, perdida nas cavidades da colina, devolveu um som fraco que não despertou eco algum; o eco estava em seu coração. O provençal, que tinha 22 anos, armou sua carabina...

– Sempre há tempo! – ele disse, colocando a arma libertadora no chão.

Olhando ora para o espaço escuro, ora para o espaço azul, o soldado pensava na França. Sentia com prazer as águas dos riachos de Paris, lembrava-se das cidades por onde havia passado, dos rostos dos camaradas, até dos detalhes mais triviais de sua vida. Por fim, sua imaginação meridional começou a entrever as pedras de sua amada Provença nos jogos de luz e calor que tremulavam acima do deserto. Temendo os perigos dessa cruel miragem, ele desceu a encosta oposta à qual subira a colina no dia anterior. Para sua grande alegria, descobriu uma espécie de gruta esculpida naturalmente nos imensos blocos de granito que formavam a base daquele monte. Os restos de uma esteira indicavam que aquele abrigo havia sido habitado. A alguns passos dali, avistou palmeiras carregadas de tâmaras. O instinto que nos prende à vida despertou em seu coração. Ele esperou viver tempo suficiente para aguardar a passagem de alguns magrebinos, ou talvez ouvir o som de canhões, pois naquele momento Bonaparte percorria o Egito. Reanimado por esse pensamento, colheu cachos de frutos maduros que arqueavam as tamareiras e percebeu, ao provar aquela dádiva inesperada, que o habitante anterior da gruta havia cultivado aquelas árvores: a polpa saborosa e fresca das tâmaras atestava os cuidados de seu predecessor. O provençal passou subitamente de um sombrio desespero a uma alegria quase insana. Retornou ao topo da colina e dedicou o resto do dia a derrubar uma das palmeiras estéreis que, na noite anterior, lhe servira de abrigo. Um vago pressentimento o alertou sobre os animais do deserto e, antecipando que poderiam aparecer para beber na nascente oculta pelas areias, que brotava na base das rochas, decidiu se proteger contra possíveis visitas construindo uma barreira na entrada de seu refúgio. Apesar de seu empenho e da força que o medo de ser devorado durante o sono lhe dava, não conseguiu cortar o tronco da palmeira em pedaços menores naquele dia; mas conseguiu derrubá-la. Ao cair da noite, quando aquela rainha do deserto tombou, o som de sua queda ecoou ao longe, e uma espécie de gemido foi exalado pela solidão; o soldado estremeceu, como se tivesse ouvido uma voz profética anunciando algum infortúnio. No entanto, como um herdeiro que não lamenta por muito tempo a perda de um parente, ele arrancou do belo tronco as amplas e longas folhas verdes de seu poético ornamento e as usou para consertar a esteira sobre a qual dormiria. Fatigado pelo calor e pelo trabalho, adormeceu sob o teto avermelhado da gruta úmida. No meio da noite, seu sono foi perturbado por um barulho estranho. Ele se endireitou e, no silêncio profundo que reinava, distinguiu o ritmo alterado de uma respiração poderosa e selvagem de uma criatura que não poderia ser humana. Um medo profundo, amplificado pela escuridão, pelo silêncio e pelas ilusões do despertar, gelou seu coração. Quando vislumbrou na penumbra dois pontos amarelos e brilhantes, depois de dilatar as pupilas ao máximo, sentiu o couro cabeludo eriçado de horror. A princípio, pensou que fossem reflexos de seus próprios olhos; mas logo, com a intensa luminosidade da noite pouco a pouco ajudando a distinguir os objetos que estavam na gruta, percebeu a forma de um enorme animal deitado a dois passos de distância. Seria um leão, um tigre, um crocodilo? O provençal não tinha instrução suficiente para saber em que subgênero classificar seu inimigo; mas seu pavor foi amplificado ainda mais por sua ignorância, que o fez imaginar todas as desgraças possíveis. Ele suportou o cruel suplício de ouvir e observar as oscilações daquela respiração, sem perder nenhuma e sem ousar fazer o menor movimento. Um cheiro tão forte quanto o exalado pelas raposas preenchia a caverna, mas mais penetrante e denso, por assim dizer, e quando o provençal o sentiu, seu terror chegou ao ápice, pois ele não podia mais duvidar da presença do terrível companheiro cujo covil ele usava como abrigo. Logo, com os reflexos da lua descendo no horizonte, a pele sarapintada de uma pantera brilhou suavemente. Aquele leão do Egito dormia enrodilhado como um grande cão, tranquilo dono de uma cama suntuosa à porta de um palacete; seus olhos, abertos por um momento, tinham voltado a se fechar. Ele tinha o rosto virado para o francês. Mil pensamentos confusos atravessaram a mente do prisioneiro da pantera; primeiro, ele pensou em matá-la com um tiro de carabina, mas percebeu que o espaço era insuficiente para ajustar a mira, o cano passaria do animal. E se ele o acordasse...? A hipótese o imobilizou. Naquele silêncio, ouvindo as batidas do próprio coração, ele amaldiçoava as fortes pulsações que o afluxo de sangue produzia, pois temia interromper o sono que lhe permitia tentar encontrar uma solução salutar. Ele levou a mão à cimitarra duas vezes, com a intenção de decapitar sua inimiga, mas a dificuldade de cortar um pelo tão curto e duro o fez desistir do ousado plano.

"Errar o golpe? Significaria uma morte certa", pensou.

Ele preferiu as chances de um combate e decidiu aguardar o amanhecer. O dia não se fez esperar. O francês pôde então observar a pantera; seu focinho estava manchado de sangue.

"Está bem alimentada!", ele pensou, sem se preocupar em saber se a refeição incluíra carne humana. "Não estará com fome ao acordar."

Era uma fêmea. A pelagem do ventre e das coxas brilhava de tão branca. Pequenas manchas como veludo formavam lindos braceletes em torno das patas. A cauda musculosa também era branca, mas terminava em anéis pretos. A parte superior da pelagem, amarela como ouro fosco, mas lisa e macia, exibia as características pintas em forma de roseta que diferenciam as panteras de outras espécies de felinos. A tranquila e temível anfitriã roncava na graciosa posição de uma gata deitada sobre a almofada de um divã. Suas patas ensanguentadas, de tendões aparentes e garras afiadas, repousavam à frente da cabeça, de onde saíam bigodes esparsos e retos, semelhantes a fios de prata. Se estivesse numa jaula, o provençal certamente admiraria a graça do animal e os vigorosos contrastes das cores vivas que conferiam à sua túnica um esplendor imperial; naquele momento, porém, ele sentia a vista turvada pelo medo. Mesmo adormecida, a presença da pantera o fazia sentir o mesmo efeito que os olhos magnéticos da serpente produzem sobre o rouxinol. A coragem do soldado acabou vacilando por um instante diante daquele perigo, embora sem dúvida tivesse se exaltado sob o fogo cerrado dos canhões. No entanto, um pensamento intrépido surgiu em sua mente e secou na fonte o suor frio que escorria por seu rosto. Como os homens que, levados ao limite pelo desespero, acabam desafiando a morte e enfrentando seus golpes, ele intuiu uma tragédia naquela aventura e decidiu desempenhar seu papel com honra até a última cena.

"Anteontem, os árabes talvez tivessem me matado", ele pensou.

Considerando-se um homem morto, aguardou com coragem e inquieta curiosidade o despertar da inimiga. Quando o sol apareceu, a pantera abriu os olhos de repente, esticou violentamente as patas, como se quisesse desentorpecê-las e dissipar as cãibras. Por fim bocejou, revelando um aterrorizante conjunto de dentes e uma língua sulcada e áspera como uma lixa.

"Ela é como uma jovem coquete!", pensou o francês, observando-a se espreguiçar e realizar os movimentos mais suaves e graciosos.

Ela lambeu o sangue das patas, o focinho, depois coçou a cabeça com gestos repetidos e muito delicados.

– Muito bem, faça sua pequena *toilette* – murmurou o francês para si mesmo, recuperando o bom humor e a coragem. – Logo vamos nos dar bom dia.

Ele segurou o pequeno punhal que havia surrupiado dos magrebinos.

Nesse momento, a pantera virou a cabeça para o francês e o encarou fixamente, sem avançar. A rigidez de seus olhos metálicos e o brilho insuportável que emitiam fizeram o provençal estremecer, sobretudo quando ela começou a caminhar em sua direção; mas ele a observou com um olhar afetuoso e, encarando-a como se quisesse hipnotizá-la, deixou que ela se aproximasse; então, com um movimento tão suave e delicado quanto se estivesse acariciando a mais bela mulher, passou a mão por todo seu corpo, da cabeça à cauda, friccionando com as unhas as vértebras flexíveis que dividiam seu dorso dourado. A pantera arqueou voluptuosamente a cauda, seus olhos se suavizaram e, na terceira vez que o francês repetiu aquele gesto calculado, ela começou a ronronar, emitindo o som característico que os gatos usam para expressar prazer; esse murmúrio, porém, saía de uma garganta tão poderosa e profunda que reverberou pela gruta como os últimos acordes de um órgão numa igreja. O provençal, compreendendo a importância de suas carícias, intensificou-as de modo a atordoar e acalmar aquela altiva cortesã. Quando julgou ter neutralizado a ferocidade da caprichosa companheira, cuja fome por sorte fora saciada na véspera, ele se levantou para sair da gruta; a pantera permitiu que saísse, mas, ao vê-lo subir a colina, saltou com a leveza de um pardal pulando de galho em galho e se esfregou nas pernas do soldado, arqueando o corpo como uma gata; então, lançando a seu hóspede um olhar cujo brilho se tornara menos severo, soltou o grito selvagem que os naturalistas comparam ao som de um serrote.

– Ela é exigente! – exclamou o francês com um sorriso.

Ele tentou brincar com suas orelhas, acariciar seu ventre e coçar vigorosamente sua cabeça com as unhas; percebendo seu êxito, chegou a afagar seu crânio com a ponta do punhal, à espreita do momento de matá-la; a dureza dos ossos, porém, o fez temer não conseguir.

A sultana do deserto aprovou as atenções de seu escravo, erguendo a cabeça, esticando o pescoço e exibindo sua satisfação na tranquilidade de sua atitude. O francês pensou de repente que, para matar de uma só vez aquela feroz princesa, seria preciso golpeá-la na garganta; ele levantou a lâmina, mas a pantera, talvez já saciada, se deitou graciosamente a seus pés, com olhares que, apesar da natural severidade, pareciam confusamente benévolos. O pobre provençal comeu suas tâmaras, apoiado numa das palmeiras, mas alternava olhares atentos para o deserto, em busca de libertadores, e para sua temível companheira, tentando decifrar sua incerta clemência. A pantera observava o lugar onde ele jogava os caroços das tâmaras e seus olhos expressavam uma incrível desconfiança. Ela examinava o francês com prudência, mas esse exame lhe foi favorável, pois quando ele terminou sua frugal refeição, ela lambeu seus sapatos e, com uma língua áspera e forte, milagrosamente removeu a poeira incrustada nas dobras.

"E quando ela sentir fome?", pensou o provençal.

Apesar do arrepio que essa ideia lhe causou, o soldado começou a estudar as proporções da pantera, certamente um dos mais belos exemplares de sua espécie, com quase um metro de altura e um metro e vinte de comprimento, sem contar a cauda. Essa poderosa arma, redonda como um bastão, tinha quase um metro de comprimento. A cabeça, tão grande quanto a de uma leoa, se distinguia por uma incomum expressão de astúcia; apesar da fria crueldade típica dos tigres, havia nela uma vaga semelhança com a fisionomia de uma mulher astuta. Por fim, o rosto daquela rainha solitária revelava, naquele momento, uma espécie de alegria semelhante à de um Nero embriagado: estava saciada de sangue e queria brincar. O soldado tentou caminhar de um lado para o outro, a pantera o deixou se movimentar, contentando-se em segui-lo com o olhar, parecendo menos um cão fiel do que um grande gato angorá, desconfiado de tudo, até mesmo dos movimentos de seu dono. Quando ele se virou, avistou próximo à fonte os restos de seu cavalo; a pantera havia arrastado o cadáver até lá. Cerca de dois terços do animal haviam sido devorados. Esse espetáculo tranquilizou o francês. Ele conseguiu explicar a ausência da pantera e o respeito que ela havia demonstrado por ele durante seu sono. Encorajado por essa primeira sorte a testar suas chances, concebeu a louca esperança de manter uma boa convivência com a pantera pelo resto do dia, usando todos os meios possíveis para domesticá-la e ganhar sua confiança. Ele retornou para junto dela e teve o indescritível prazer de vê-la mover a cauda quase imperceptivelmente. Sentou-se a seu lado sem medo, e os dois começaram a brincar: ele agarrou suas patas, tocou seu focinho, mexeu em suas orelhas, deitou-a de costas e coçou vigorosamente seus flancos quentes e macios. Ela se deixou acariciar e, quando o soldado tentou alisar os pelos de suas patas, ela recolheu com cuidado as garras curvas como lâminas damasquinadas. O francês, que mantinha uma mão no punhal, ainda considerava cravá-la no ventre da confiante pantera; mas ele temeu ser imediatamente estrangulado no derradeiro espasmo que a tomaria. Além disso, sentiu uma espécie de remorso em seu coração, uma voz que o incitava a respeitar aquela criatura inofensiva.

Tinha a impressão de ter encontrado uma amiga naquele deserto interminável. Involuntariamente, pensou em sua primeira amante, a quem havia apelidado de Docinho por antífrase, pois tinha um ciúme tão doentio que, ao longo de todo o relacionamento, ele temera a faca com que ela sempre o ameaçava. Essa lembrança da juventude o levou a tentar fazer a jovem pantera atender pelo mesmo nome, agora admirando com menos medo sua agilidade, graça e suavidade.

Ao fim do dia, já se familiarizara com sua situação perigosa e quase passara a apreciar as angústias que ela provocava. Sua companheira também parecia ter adquirido o hábito de olhar para ele toda vez que ele chamava em voz de falsete: "Docinho!". Ao pôr do sol, Docinho soltou várias vezes um grito profundo e melancólico.

"Ela é bem-educada!", pensou o soldado com bom humor. "Está fazendo suas orações."

Mas essa brincadeira mental só lhe ocorreu depois que percebeu a postura pacífica de sua companheira.

– Vamos, minha loirinha, pode dormir primeiro – ele disse, planejando dar no pé o mais rápido possível assim que ela adormecesse, para procurar outro abrigo durante a noite.

O soldado aguardou com impaciência o momento de fugir e, quando chegou a hora, caminhou rapidamente em direção ao Nilo; mas tinha percorrido apenas um quilômetro quando ouviu a pantera pulando atrás dele, soltando a cada tanto aquele seu grito cortante, ainda mais aterrorizante que o pesado som de seus saltos.

"Ora", ele pensou, "ela gostou de mim! Essa jovem pantera talvez não tenha conhecido ninguém antes, que lisonjeiro ser seu primeiro amor!"

Naquele momento, o francês caiu em uma daquelas areias movediças, tão temidas pelos viajantes e das quais é quase impossível escapar. Sentindo-se preso, soltou um grito de desespero; a pantera o agarrou pelo colarinho com os dentes e, com um salto vigoroso, puxou-o para fora do buraco como por magia.

– Ah, Docinho! – exclamou o soldado, acariciando-a com entusiasmo. – Agora estamos unidos para sempre... Mas sem brincadeiras!

Ele voltou sobre seus passos.

A partir daquele momento, o deserto pareceu povoado. Ele continha um ser com quem o francês podia falar e cuja ferocidade parecia ter amansado, sem que ele conseguisse entender as razões daquela improvável amizade. Por mais intenso que fosse o desejo do soldado de permanecer de pé e alerta, ele acabou adormecendo. Ao acordar, não viu Docinho; subiu a colina e, ao longe, avistou-a correndo aos saltos, como é típico desses animais, cuja coluna extremamente flexível impede uma corrida constante. Docinho voltou com o focinho manchado de sangue e aceitou as carícias que seu companheiro lhe fez, manifestando com um ronronar profundo o quanto estava satisfeita. Seus olhos, cheios de doçura, se voltaram com uma ternura ainda maior do que no dia anterior para o provençal, que falava com ela como a um animal doméstico:

– Ah! Ah! A senhorita é uma moça direita, não é mesmo? Mas veja como gosta de um carinho! Não tem vergonha? Comeu algum magrebino? Bem! São animais como você! Mas não devore os franceses, ao menos... Caso contrário, não vou mais gostar de você!

Ela brincou como um cãozinho com seu dono, se deixando rolar, bater e acariciar; às vezes provocava o soldado, estendendo a pata para ele, como se pedisse algo.

Assim se passaram vários dias. Essa companhia permitiu ao provençal admirar as sublimes belezas do deserto. Visto que tinha momentos de temor e tranquilidade, alimento e uma criatura com quem se preocupar, sua alma se viu agitada por sentimentos contrastantes... Era uma vida cheia de oposições. A solidão lhe revelou todos os seus segredos e o envolveu em seus encantos. Ele descobriu espetáculos desconhecidos ao mundo no nascer e no pôr do sol. Aprendeu a se arrepiar ao ouvir o sutil bater das asas de um pássaro sobre sua cabeça – raro visitante! – ou ao observar as nuvens – coloridas e mutáveis viajantes! – se fundindo umas às outras. Durante a noite, estudou os efeitos da lua sobre o oceano de areia, onde o vento simum produzia ondas, ondulações e rápidas mudanças. Ele viveu o dia do Oriente, admirando suas pompas maravilhosas; e, muitas vezes, depois de desfrutar do terrível espetáculo de um furacão naquela planície onde as areias agitadas criavam neblinas vermelhas e secas, nuvens mortais, ele aguardava a chegada da noite com prazer, pois ela trazia o refrescante alívio das estrelas. Ele ouviu músicas imaginárias no céu. E a solidão o ensinou a desdobrar os tesouros do devaneio. Passava horas recordando trivialidades e comparando sua vida passada com a presente. No fim, se apaixonou por sua pantera, pois precisava de afeto. Seja porque sua vontade, intensamente direcionada, tivesse conseguido modificar o caráter de sua companheira, seja porque ela encontrava abundância de alimento graças às batalhas que ocorriam naqueles desertos, a pantera respeitou a vida do francês, que, vendo-a tão bem domesticada, deixou de temê-la. Ele passava a maior parte do tempo dormindo, mas permanecia vigilante, como uma aranha no centro de sua teia, para não perder a oportunidade de ser salvo caso alguém passasse pela vasta linha do horizonte. Ele havia sacrificado sua camisa para fazer uma bandeira, erguida no topo de uma palmeira sem folhas. Guiado pela necessidade, encontrou meios de mantê-la estendida com varinhas, pois o vento poderia não a estar agitando no momento que o esperado viajante olhasse para o deserto...

Durante as longas horas em que a esperança o abandonava, ele se divertia com a pantera. Tinha aprendido a distinguir as diferentes inflexões de sua voz, a expressão de seus olhares, tinha estudado os matizes das manchas que adornavam seu pelo dourado. Docinho já não rosnava quando ele segurava o tufo da ponta de sua cauda, para contar os anéis pretos e brancos, enfeites graciosos, que brilhavam ao sol como pedras preciosas. Ele sentia prazer em contemplar as linhas macias e finas do corpo da pantera, a brancura de seu ventre e a graça de sua cabeça. Mas era sobretudo quando ela brincava que ele mais apreciava observá-la, a agilidade e a vivacidade de seus movimentos sempre o surpreendiam; ele admirava sua agilidade ao saltar, rastejar, deslizar, se encolher, se agarrar, se enrolar, se esconder e se lançar em todas as direções. Por mais rápido que fosse seu impulso, por mais escorregadio que fosse um bloco de granito, ela estancava na hora ao ser chamada de "Docinho!".

Um dia, sob um sol radiante, um pássaro imenso planou nos ares. O provençal se afastou da pantera para observar o novo visitante; depois de um momento de espera, a sultana desprezada soltou um rosnado surdo.

– Acho que está com ciúme, que Deus me leve! – ele exclamou, notando seus olhos voltarem a endurecer. – A alma de Virginie se apossou de seu corpo, com certeza!

A águia desapareceu no horizonte enquanto o soldado admirava a graciosa silhueta da pantera. Havia tanta graça e frescor em suas formas! Era bonita como uma mulher. O dourado da pelagem se combinava harmoniosamente aos tons de branco opaco das coxas. A luz abundante do sol fazia aquele ouro vivo e aquelas manchas marrons reluzirem com um encanto indefinível. O provençal e a pantera trocaram olhares cúmplices; a coquete estremeceu ao sentir as unhas do amigo coçando sua cabeça, seus olhos faiscaram como dois relâmpagos e ela os fechou com força.

– Ela tem uma alma! – ele disse, estudando a tranquilidade daquela rainha do deserto, dourada e branca como ele, solitária e ardente como ele.

– Muito bem – ela me disse –, li sua defesa dos animais; mas como terminaram esses dois, tão perfeitamente feitos um para o outro?

– Ah, pois é! Eles terminaram como terminam todas as grandes paixões, com um mal-entendido. As duas partes desconfiam de traição, ninguém se explica por orgulho, o rompimento acontece por teimosia.

– E às vezes isso ocorre nos momentos mais belos – ela comentou. – Basta um olhar, uma exclamação... Vamos, conclua a história.

– É terrivelmente difícil, mas você vai entender o que o velho veterano me confidenciou quando, ao terminar sua garrafa de Champanhe, exclamou:

"– Não sei o que fiz para irritá-la, mas ela se virou como se estivesse enfurecida e, com seus dentes afiados, mordeu minha coxa, de leve, é verdade. Achei que quisesse me devorar e enfiei o punhal em seu pescoço. Ela caiu, soltando um grito que gelou meu coração, depois se contorceu olhando para mim sem raiva. Eu teria dado qualquer coisa, até a medalha que ainda não tinha, para trazê-la de volta à vida. Era como se tivesse assassinado uma pessoa de verdade. Quando os soldados que viram minha bandeira chegaram para me socorrer, me encontraram em lágrimas."

Depois de um momento de silêncio, ele continuou:

"– Então, senhor, depois disso lutei na Alemanha, na Espanha, na Rússia e na França; arrastei esta carcaça por muitos lugares, mas nunca vi nada como o deserto... Ah, que lugar bem lindo!

"– O que sentia lá? – perguntei.

"– Ah, não é coisa que se possa descrever, meu jovem. Aliás, não é sempre que sinto falta de minhas palmeiras e de minha pantera... preciso estar triste para isso. No deserto, veja bem, há tudo e não há nada...

"– Tente me explicar, mesmo assim...

"– Bem – ele disse, deixando escapar um gesto de impaciência –, é Deus sem os homens."

Paris, 1830

A paz conjugal

Dedicado à minha querida sobrinha,
Valentine Surville.[1]

1. Filha mais moça de Laure, a irmã de Balzac, Valentine. (N.E.)

A aventura descrita nesta cena transcorre no final do mês de novembro de 1809, época em que o efêmero império de Napoleão atingia o apogeu de seu esplendor. As fanfarras da vitória obtida na batalha de Wagram ainda estrondavam no coração da monarquia austríaca. A paz foi assinada entre a França e a Coligação.[1] Os reis e os príncipes vieram então, como se fossem planetas, orbitar ao redor de Napoleão, o qual se deu ao luxo de acrescentar a Europa inteira a seu séquito, em uma magnífica demonstração do esplendor que ele demonstraria mais tarde em Dresden. Nunca antes, no dizer dos contemporâneos, Paris tinha visto festas tão bonitas como aquelas que precederam e se seguiram ao casamento do soberano com uma arquiduquesa da Áustria. Nunca antes, nem nos dias de maior glória da antiga monarquia, tantas cabeças coroadas se acotovelaram nas margens do Sena, e jamais a aristocracia francesa foi tão rica e tão cintilante como então. Os diamantes eram ostentados em profusão sobre os enfeites e adereços, os bordados em fio de ouro e prata dos uniformes contrastavam tanto com a simplicidade republicana que se tinha a impressão de que todas as riquezas da Terra tinham sido transportadas para

1. A quinta das sete Coligações das potências europeias contra a Revolução e Napoleão. (N.E.)

os salões de Paris. Era como se uma embriaguez geral tivesse assumido o controle desse império que durou pouco mais de um dia. Todos os comandantes militares, sem exceção de seu chefe supremo, tinham-se transformado em novos-ricos e agiam como tal, gozando os tesouros conquistados por um milhão de homens que usavam simples divisas de lã e que se davam por satisfeitos ao serem recompensados com algumas fitas de lã vermelha. Nessa época, a maior parte das mulheres demonstrava a mesma liberdade de costumes e relaxamento da moral que havia caracterizado o reinado de Louis XV.[2] Seja porque queriam imitar os antigos costumes da monarquia derrotada, seja porque alguns membros da família imperial davam justamente esse exemplo, como afirmavam os descontentes do Faubourg Saint-Germain, o certo é que, nessa época, tanto homens como mulheres se atiravam ao prazer com um abandono que parecia anunciar o fim do mundo. É preciso reconhecer que havia uma outra razão para essa libertinagem. A paixão das mulheres pelos militares se havia tornado uma espécie de frenesi e estava tão de acordo com os desejos do próprio imperador que este seria a última pessoa do mundo a tentar impedi-la. Os frequentes chamados às armas, que fizeram com que todos os tratados concluídos entre a Europa e Napoleão se parecessem mais a armistícios, expondo as paixões daqueles tempos a desenlaces tão bruscos quanto as determinações daquele chefe supremo das grandes dragonas, dos dólmãs de complicados bordados em fio de ouro e das abotoaduras de diamante dos uniformes de gala que tanto agradavam às mulheres. Assim, os corações tornaram-se tão errantes quanto os regimentos. Uma mulher tornava-se sucessivamente amante, esposa, mãe e viúva entre cinco relatórios de

---

2. Rei da França de 1715 a 1774, Louis XV nasceu em 1710 e passou os primeiros anos de seu reinado sob a tutela de regentes. (N.T.)

combate do Grande Exército. Seria a perspectiva de uma rápida viuvez, a de uma boa pensão ou a esperança de usar um sobrenome lembrado pela História que tornavam os militares tão sedutores? Seriam as mulheres atraídas para eles pela certeza de que o segredo de suas paixões seria enterrado sob os campos de batalhas, ou devemos procurar a causa desse doce fanatismo na nobre atração que a coragem exerce sobre elas? Talvez todas essas razões, que o futuro historiador dos costumes imperiais sopesará sem dúvida com o maior prazer, tenham contribuído conjuntamente, de uma forma ou de outra, para sua plena disposição a entregar-se facilmente a novos amores. Quaisquer que possam ter sido, uma coisa podemos garantir aqui: que os louros das vitórias cobriam tão bem as faltas ao ponto de as mulheres buscarem com ardor esses valorosos aventureiros, os quais lhes pareciam verdadeiras fontes de honras, de riquezas e de prazeres, já que, aos olhos de uma garota daquele período, uma dragona com divisas de oficial, que não passa de um hieróglifo simbolizando um futuro incerto, significava a chave da felicidade e da liberdade. Um traço particular da época única nos anais da história, um detalhe que a caracteriza acima de tudo, foi o de uma paixão desenfreada por tudo que era brilhante. Nunca na história foram lançados tantos fogos de artifício, jamais os diamantes alcançaram tanto valor. Os homens demonstravam-se tão ávidos quanto as mulheres por esses pedacinhos de pedra branca e, no que se referia a adquiri-los e ostentá-los, comportavam-se do mesmo modo que elas. Talvez fosse a necessidade de transformar os despojos de guerra na forma mais fácil de transportar que deu tanto valor a essas bugigangas entre os integrantes do exército. Um homem não cairia absolutamente no ridículo que seria alvo hoje em dia quando o lenço que usava sobre a gola da camisa ou os dedos das duas mãos ostentassem grandes diamantes, com o objetivo declarado de despertar a admiração de todos. Murat,[3] um homem de atitudes e temperamento parecidos aos dos orientais, dava o exemplo de um tal luxo, que seria absurdo entre os militares modernos.

O conde de Gondreville, que fora antigamente chamado de cidadão Malin[4] e que ficara famoso em consequência de um rapto de que fora vítima e que se tornara um dos luculos[5] daquele Senado Conservador que não conservava nada, havia se apressado a oferecer uma festa em honra da assinatura do tratado de paz, com a intenção de prestar uma grande homenagem a Napoleão, por meio da qual pretendia eclipsar os aduladores pelos quais havia sido precedido. Os embaixadores de todas as potências amigas da França, subvencionadas e protegidas por ela, as personalidades mais importantes do Império e até mesmo alguns príncipes de sangue real encontravam-se reunidos nessa ocasião nos salões do opulento senador. Naquele exato momento, as danças haviam perdido o entusiasmo, porque todos estavam aguardando a chegada do imperador, cuja presença fora prometida pelo conde. Napoleão teria cumprido sua palavra, se não tivesse ocorrido uma cena desagradável entre ele e Joséphine naquela mesma noite, cena que anunciou o próximo divórcio desses augustos

3. Joachim Murat (1767-1815), grão-duque de Berg e de Clèves, príncipe de Ponte-Corvo, foi marechal de França, grande-almirante e rei de Nápoles até seu fuzilamento após Waterloo. (N.T.)

4. Malin, em francês, significa malandro, astucioso. Balzac, em dois romances diferentes, diz que Gondreville tinha oitenta anos em 1839 ou setenta em 1833, o que coloca o nascimento deste personagem fictício (*O deputado de Arcis* e *Uma estreia na vida*, entre outros) entre 1759 e 1763. (N.T.)

5. Referência a Lucius Licinius Lucullus, (cerca 106-67 a.C), general romano, famoso por suas riquezas. (N.E.)

esposos.[6] A notícia do acontecimento, até então mantida em total segredo, mas que em breve seria revelada pela História, não chegara ainda aos ouvidos dos cortesãos, e foi somente a ausência de Napoleão que empanou um pouco a alegria da festa do conde de Gondreville. As mais belas mulheres de Paris, sentindo-se obrigadas pelos comentários da sociedade mundana a se reunirem ali, desafiavam-se umas às outras, ostentando o maior luxo, toda a sua vaidade, seus melhores enfeites e o máximo de formosura. Os banqueiros, orgulhosos de suas riquezas, desafiavam com a mesma ostentação o brilho da glória dos generais envaidecidos pela fama de suas conquistas e a pompa dos mais altos funcionários do governo imperial, cujas pescoços traziam os adornos recentes das cruzes de comendas e condecorações, acompanhadas por títulos de nobreza e grandes recompensas financeiras. Esses grandes bailes eram sempre ocasiões aproveitadas pelas famílias mais ricas para apresentarem suas herdeiras aos olhos dos pretorianos[7] de Napoleão, na insensata esperança de trocar seus magníficos dotes pelo incerto favor das batalhas. As

---

6. Marie-Josèphe-Rose Tascher de La Pagerie (conhecida como Joséphine, 1763-1814), viscondessa viúva de Beauharnais, que foi guilhotinado em 1794. Em 1796, casou-se com Napoleão, seis anos mais novo. Ele é quem decide mudar o nome da mulher para Josèphine, e logo após o casamento Napoleão é nomeado comandante da campanha militar na Itália. A vida do casal era conturbada, em parte devido às infidelidades da mulher. Josèphine tinha dois filhos do primeiro casamento, e Napoleão achava que a falta de prole do casal devia-se à sua própria esterilidade, até um dia em que uma camareira da imperatriz deu à luz um filho dele. Então ele se divorciou dela em 1809, com o intuito de formar uma dinastia, mas deixou que ela conservasse o título de imperatriz. Ela morre de pneumonia. (N.E.)

7. Os oficiais de Napoleão são aqui relacionados metaforicamente com a guarda pessoal dos imperadores romanos. (N.T.)

mulheres que tinham confiança suficiente na sedução de sua beleza vinham principalmente para experimentar a extensão de seus poderes. Ali, como aliás em toda parte, o prazer era apenas uma máscara. Os rostos serenos e risonhos e as testas lisas e tranquilas recobriam os cálculos mais odiosos; as afirmações de amizade eram mentiras, a tal ponto que muitos dos presentes desconfiavam menos de seus inimigos que de seus melhores amigos. Essas observações são necessárias para explicar os eventos do pequeno drama narrado por esta cena e a descrição, ainda que um pouco atenuada, do espírito que reinava então nos salões de Paris.

– Quer me fazer a gentileza de olhar por um momento para aquela coluna rachada que tem em cima um candelabro? Está vendo uma jovem que está mostrando um penteado chinês, lá, no canto à esquerda? Ela está usando um ramo de flores, dessas que chamam de campainhas azuis, entre os cachos de cabelos castanhos que recaem em mechas sobre a cabeça. Conseguiu ver quem é? Ela está tão pálida que dá a impressão de que sofre por algum motivo... Olhe bem para lá, enxergou? É uma mulher pequena, de fato, bem baixinha. Justamente agora ela está virando o rosto em nossa direção. Seus olhos azuis são amendoados e mostram uma doçura de enlouquecer... Dão a impressão de terem sido feitos para chorar... Olhe, preste atenção!... Agora ela acabou de baixar a cabeça para olhar madame de Vaudrémont[8] através desse labirinto de cabeças em movimento constante, cujos penteados altos lhe atrapalham a visão...

– Ah, estou vendo, meu caro amigo, bastava que você dissesse que era a mulher de pele mais alva de todas as que estão nesta festa, que eu já a teria reconhecido...

8. A condessa de Vaudrémont é um personagem fictício, que Balzac faz viver entre os anos de 1787 e 1810. (N.T.)

Para falar a verdade, já me havia chamado a atenção. Tem o tom de pele mais lindo que já admirei... Olhe, duvido que você consiga, desta distância, distinguir da pele de seu pescoço as pérolas que intercalam as safiras de seu colar. Mas ou ela é muito recatada ou uma conquistadora muito esperta, pois aquelas rendas plissadas do seu corselete mal permitem suspeitar a perfeita beleza de seus contornos! Mas realmente, que ombros! São brancos como um lírio...

– Mas quem é ela...? – indagou o primeiro interlocutor.

– Ah, isso eu não sei dizer!...

– Mas que aristocrata! Quer dizer então, Montcornet,[9] que você quer ficar com todas?...

– Mas vejam só quem está fazendo troça de mim... – replicou Montcornet, sorridente. – Você acha que tem o direito de insultar um pobre general como eu, só porque você, depois que se tornou o feliz rival daquele pobre Soulanges,[10] não dá uma pirueta que não desperte preocupação em madame de Vaudrémont? Ou é só porque cheguei na terra prometida há apenas um mês?... Como vocês, funcionários administrativos, são insolentes!... Logo vocês, que ficam grudados em suas poltronas enquanto nós ficamos no meio de obuses dos canhões!... Ora, meu senhor desembargador, deixe que a gente tire algum proveito dessa colheita, cuja posse temporária somente

9. Personagem fictício, localizado por Balzac entre 1774 e 1837. Foi promovido a general em 1808, em *A musa do departamento*, e a coronel-general dos couraceiros em 1809, o que lhe deu o título de general de brigada. Aqui tanto o narrador quanto os personagens chamam-no, alternadamente, de “general” e “coronel”. (N.E.)

10. O marechal conde Léon de Soulanges é um personagem fictício, nascido aproximadamente em 1777 e que ainda vivia em 1827. (N.T.)

será sua no momento em que partirmos de novo para o campo de batalha... Que diabo, todo mundo tem direito de viver!... Meu amigo, se você conhecesse os alemães, faria o que estivesse a seu alcance para me ajudar a conquistar essa parisiense que lhe é tão cara...

– General, já que o senhor está há um certo tempo honrando com sua atenção essa mulher que acabei de avistar pela primeira vez, faça-me a gentileza de me dizer se já a viu dançar...

– Ei, meu caro Martial,[11] de onde é que você saiu? Se o enviarem em alguma embaixada, acho que não vai conseguir um grande sucesso... Não está vendo que entre ela e o brilhante enxame de dançarinos que rodopia sob o lustre há três filas das mais intrépidas namoradoras de Paris? Você não teve de olhar através de sua luneta para descobri-la no ângulo daquela coluna, onde ela parece enterrada nas trevas da mais profunda escuridão, apesar de todas aquelas velas que brilham logo acima de sua cabeça? Observe com atenção: entre ela e os possíveis pares, há tantos diamantes e tantos olhares cintilantes, tantas plumas adejando, tantas rendas, flores e cachos ondulantes, que seria um verdadeiro milagre se um dançarino conseguisse divisá-la no meio de todas essas estrelas!... Mas então, Martial, você ainda não adivinhou que ela deve ser casada com algum subprefeito de qualquer distrito do departamento de Lippe ou de Dyle,[12] e que só veio a esta festa porque está

11. Martial, barão e depois conde de La Roche-Hugon, foi criado por Balzac, sem menção de sua data de nascimento, é personagem de vários romances do autor e ainda vivia em 1841. (N.T.)

12. O departamento de Dyle, cuja capital era Bruxela (Bélgica), foi criado em 1794. O departamento de Lippe, cuja capital era Münster (Alemanha), não existia no momento desta conversa, tendo sido criado somente em 1810. (N.E.)

procurando uma maneira de transformar seu caro marido em prefeito?...

– Ah, mas se é isso, tenho certeza de que ela vai conseguir! – disse o desembargador com entusiasmo.

– Duvido – retorquiu o coronel-general dos couraceiros,[13] sorridente. – Ela me parece tão inexperiente em matéria de intrigas quanto você em diplomacia... Aposto, Martial, que você não sabe como foi que ela acabou se metendo naquele canto...

O desembargador contemplou o coronel-general dos couraceiros da Guarda com uma expressão formada por partes iguais de condescendência e de curiosidade.

– Tudo bem – disse Montcornet continuando. – É fácil ver que a pobre garota chegou aqui exatamente às nove horas, talvez a primeira a entrar no salão; provavelmente causando bastante incômodo à sra. condessa de Gondreville, que não sabe o que fazer com duas ideias ao mesmo tempo... Desprezada pela senhora da casa, foi sendo empurrada de cadeira em cadeira por cada mulher que chegava, até as trevas desse cantinho onde permitiu que a encerrassem, vítima dos ciúmes dessas damas todas, que fizeram o possível para se livrar da concorrência desse rostinho tão ameaçador... Ela não tinha nenhum amigo que lhe desse apoio para defender corajosamente o lugar da primeira fila em que se deve ter sentado ao chegar; cada uma dessas pérfidas dançarinas já deve ter ordenado a seus pretendentes masculinos que não se envolvam com nossa pobre amiga, sob pena dos mais terríveis castigos... Foi dessa maneira, meu caro amigo, que todos esses rostos tão delicados, tão cândidos em aparência, formaram uma coligação geral contra a desconhecida; e olhe que isto aconteceu sem

13. Soldados da cavalaria que trajavam couraça e capacete. (N.E.)

que qualquer dessas mulheres que estão lá tivesse feito mais do que perguntar: "Querida, você conhece aquela dama de azul...?". Olhe, Martial, se você estiver com vontade de ser atingido, durante o espaço de um quarto de hora, por mais olhares sedutores e insinuações provocantes do que talvez tenha recebido durante toda a vida, tente atravessar essa tríplice muralha que defende o reino de Dyle, de Lippe ou de Charente...[14] Verá imediatamente que a mais estúpida dessas belas criaturas será capaz de inventar algum artifício capaz de interromper o avanço do homem mais determinado a trazer à luz nossa lamentável desconhecida... Você não tem a impressão de que ela parece estar em um funeral?...

– Acha mesmo, Montcornet? Quem sabe se ela é somente uma senhora casada?...

– E por que não seria logo uma viúva?...

– Porque então ela seria mais ativa!... – disse rindo o desembargador.

– Talvez seja uma viúva cujo marido está jogando bouilotte![15] – replicou o belo couraceiro.

– É mesmo, agora que a paz foi assinada, muitas mulheres só ficam viúvas desse jeito! – respondeu Martial. – Mas acontece, meu caro Montcornet, que nós somos dois patetas. Aquele rostinho demonstra ainda muita ingenuidade, a testa e as têmporas transmitem uma sensação de tanta mocidade e tanto frescor que não deve ser uma mulher casada e muito menos uma viúva. Veja só o vigor e a maciez da pele! As narinas mostram tanta juventude como as de uma colegial... Os lábios, o queixo, todos os traços do rosto são viçosos como um botão de rosa branca, mesmo que a expressão da fisionomia pareça um tanto velada pelas

14. Departamento francês do norte da Aquitânia, cuja capital é Angoulême. (N.T.)

15. Jogo de cartas derivado do pôquer inglês jogado entre quatro e sete parceiros, embora o mais comum fossem cinco. (N.T.)

nuvens da tristeza... Por que razão uma pessoa tão jovem estaria chorando?

– Ora, meu amigo, as mulheres choram por tão pouco... – disse o coronel.

– Ah, não sei... – retrucou Martial. – O que eu sei é que ela não está chorando só por estar enfiada naquele canto sem que ninguém a tire para dançar. Essa melancolia dela não começou hoje. Tem mais: dá perfeitamente para ver que ela se arrumou de propósito para ficar o mais bonita possível esta noite. Aposto com você que ela está apaixonada.

– Que nada! Deve ser filha de algum principezinho de terceira classe, governando qualquer território perdido no meio da Alemanha: talvez seja por isso que ninguém quer falar com ela... – afirmou Montcornet.

– Ah, por que será que aquela pobre garota está infeliz? – retrucou Martial. – Será que existe alguém por aqui com mais graça e elegância que nossa pequena desconhecida? E nem mesmo uma dessas megeras que estão ao redor dela e que afirmam ser criaturas sensíveis se dá ao trabalho de lhe dirigir uma palavra que seja... Se ela falasse, seus dentes ficariam visíveis, e nós veríamos se também são belos...

– Ah, também!... Você está que nem uma panela de leite: vai ferver agora com a menor elevação da temperatura?... – indagou o coronel, um pouco ressentido ao ver que seu amigo se transformava tão rapidamente em seu rival.

– Mas como pode ser...? – comentou o desembargador, sem nem perceber a interrogação do general e olhando através do lornhão para todos os personagens que o rodeavam. – Será que não existe por aqui ninguém que nos possa dizer o nome dessa flor exótica...?

– Ora! Deve ser uma dama de companhia qualquer – sugeriu Montcornet.

– Ah, claro que é!... Uma dama de companhia enfeitada de safiras dignas de uma rainha e usando um vestido de renda de malina!?... Invente outra, general! O senhor não é muito melhor em diplomacia do que eu, se primeiro imagina que essa garota é uma princesa alemã e, logo no instante seguinte, começa a sugerir que não passa de uma dama de companhia...

O general Montcornet segurou o braço de um homenzinho gordo, cujos cabelos grisalhos e olhos ardilosos apareciam nas soleiras de todas as portas e que se misturava sem cerimônia aos diferentes grupos, onde sempre era acolhido com a maior deferência.

– Gondreville, meu caro amigo – disse Montcornet –, quem é aquela mulherzinha encantadora sentada lá adiante, sob seu imenso candelabro?

– O candelabro? Foi fabricado por Ravrio,[16] meu amigo, mas foi Isabey quem lhe deu o desenho...

– Sim, já tinha reconhecido naquele móvel seu habitual bom gosto para objetos de luxo, meu caro; mas... e aquela mulher, quem é?...

– Ah, não conheço. Decerto é uma das amigas de minha mulher...

– Ou então sua amante, velho fingido!...

– Não, palavra de honra!... A condessa de Gondreville é a única mulher capaz de convidar essa gente que ninguém conhece...

Apesar dessa observação cheia de veneno, o baixinho gordo conservou nos lábios o sorriso de satisfação interior que a suposição do coronel-general dos couraceiros neles fizera brotar. Este retornou até onde se achava o jovem desembargador, que parecia estar buscando inutilmente

16. Antoine-André Ravrio (1759-1814) era o cinzelador mais em voga e também o que cobrava mais caro por seus serviços nessa época. Jean-Baptiste Isabey (1769-1855), pintor, desenhista, miniaturista e litógrafo francês. (N.T.)

informações sobre a dama em um grupo vizinho. Pegou-o por um braço e falou-lhe baixinho ao ouvido:

– Meu caro Martial, tome cuidado! Madame de Vaudrémont está olhando para você com uma atenção desesperadora, já faz vários minutos. Essa mulher é capaz de adivinhar cada movimento de seus lábios e entender tudo o que você me diz; além disso, nossos olhares foram muito significativos. Ela seguiu perfeitamente a direção de nossos relances e acho até que acabou ficando mais interessada na pequena dama de azul do que você...

– Mas que estratégia guerreira, meu caro Montcornet!... Pouco me importa, que diferença faz se ela está nos olhando? Eu sou como o imperador: quando faço minhas conquistas, eu as conservo...

– Martial, sua vaidade merece uma boa lição. Pois então você, que não passa de um civil, teve a sorte de ficar noivo de madame de Vaudrémont, uma viúva de 22 anos, que é afligida pelo trabalho de administrar quatro mil napoleões de renda e, além disso – acrescentou ele, segurando a mão esquerda do desembargador –, uma mulher que lhe enfia anéis de diamante no dedo, tão bonitos quanto este aqui... E você ainda tem a pretensão de se portar como um verdadeiro Lovelace,[17] como se fosse um general do exército, obrigado a sustentar a reputação militar em todas as guarnições! Puxa vida, pense bem em tudo que pode perder!...

– Pelo menos, não perderei minha liberdade – replicou Martial, dando uma risadinha meio desajeitada.

Imediatamente, porém, lançou um olhar apaixonado na direção de madame de Vaudrémont, que o estava

---

17. Robert Lovelace é um personagem criado por Samuel Richardson (1689-1761) em seu romance *Clarissa Harlowe* e é citado frequentemente por Balzac como um sedutor, embora seu nome tenha desaparecido da imaginação popular em favor de Don Juan ou de Casanova. (N.T.)

observando, mas que lhe respondeu com um sorriso cheio de inquietação, porque ela tinha visto o coronel-general examinando o anel do pequeno desembargador.

– Escute, Martial – recomeçou o coronel-general. – Se você ficar rodopiando ao redor de minha jovem desconhecida, eu vou tentar conquistar madame de Vaudrémont...

– Pois então experimente, meu caro couraceiro, tenho certeza de que não obterá o menor sucesso com ela!... – disse o jovem desembargador, colocando a unha polida de seu polegar contra um de seus dentes superiores, a fim de produzir um pequeno chiado zombeteiro.

– Você acha que eu sou um garotinho – replicou o coronel-general – sem outra fortuna que minha espada... mas fique sabendo que me desafiar assim é o mesmo que colocar um banquete em frente a Tântalo, porque você sabe muito bem que ele vai devorar tudo o que puder...

– Fffsssss!...

Essa alegre sucessão de consoantes serviu de resposta à provocação do general, que foi contemplado da cabeça aos pés com um olhar da maior condescendência por seu amigo, antes que os dois se separassem. Conforme a moda da época, era obrigatório que um homem usasse calças de casimira branca que lhes chegavam aos joelhos, completadas por meias de seda. Essa elegante vestimenta chamava a atenção para o físico perfeito de Montcornet, na época com 35 anos, que atraía todos os olhares por sua elevada estatura, conforme era exigido para todos os couraceiros da Guarda Imperial, cujo belo uniforme realçava ainda mais seu aspecto, ainda jovem, embora tivesse engordado um pouco por andar sempre a cavalo. Seus bigodes negros ressaltavam a expressão franca de um rosto realmente militar, de testa alta e larga, nariz aquilino e lábios corados. Além disso, as maneiras de Montcornet, caracterizadas por uma certa nobreza devida a seu hábito de comandar, podiam agradar bastante a uma mulher que tivesse o bom senso de não querer transformar seu marido em escravo. O coronel-general sorriu ao encarar o desembargador, que era um de seus melhores amigos desde o tempo em que haviam frequentado a escola juntos; este último era esbelto e de baixa estatura, o que o obrigou, para responder à zombaria, a baixar um pouco a cabeça a fim de envolvê-lo com seu olhar amistoso.

O barão Martial de la Roche-Hugon era um jovem provençal que caíra nas boas graças de Napoleão e que parecia destinado a alguma luxuosa embaixada, o qual seduzira o imperador por sua semelhança com os italianos, por seu talento para as intrigas, por essa eloquência de salão e essa elegância de maneiras que substitui tão facilmente as qualidades mais duradouras, mas menos visíveis, que são demonstradas pelos homens de verdadeiro valor. Ainda que cheio de juventude e de vivacidade, seu rosto já apresentava o brilho imóvel de um busto de estanho cromado, uma das qualidades indispensáveis aos diplomatas, que lhes permite ocultar todas as suas emoções e disfarçar seus sentimentos, se é que essa impassibilidade já não anuncia neles a ausência de toda emoção e a morte dos sentimentos. Sempre se pode contemplar o coração dos diplomatas como se fosse um problema insolúvel, uma vez que os três embaixadores mais ilustres da época se ressaltavam tanto pela persistência de seus ódios como por seus envolvimentos românticos. Não obstante, Martial pertencia a essa classe de homens que se demonstra perfeitamente capaz de planejar seu futuro, mesmo quando parecem estar envolvidos no gozo dos mais ardentes prazeres; ele já havia julgado a sociedade e escondia suas ambições sob a máscara de vaidade de um conquistador bem-sucedido e disfarçava seu talento sob uma aparência de mediocridade, depois de ter percebido claramente a rapidez com que avançavam na carreira justamente aquelas pessoas que faziam menos sombra a seus superiores.

Os dois amigos foram então obrigados a separar-se com um cordial aperto de mão. O som de um ritornelo[18] destinado a prevenir as damas de que estava na hora de formar as quadrilhas para uma nova contradança expulsou os homens do vasto espaço no centro do salão onde tinham estado conversando. Essa conversa rápida, entabulada no intervalo que sempre separa duas contradanças, ocorrera diante da lareira do salão principal da mansão de Gondreville. A maioria das perguntas e respostas desse tipo de conversação leve, característica dos bailes de então, era mais ou menos soprada ao ouvido do vizinho por ambos os interlocutores. Não obstante, as girândolas e os archotes que enfeitavam a lareira derramavam uma luz tão clara sobre os dois amigos que seus rostos fortemente iluminados não tinham conseguido esconder, apesar de toda a sua discrição diplomática, a expressão imperceptível de seus sentimentos nem à esperta condessa, nem à cândida desconhecida. Tal habilidade de decifrar os pensamentos talvez seja para os ociosos um dos melhores prazeres que eles encontram na vida em sociedade, enquanto tantos tolos a ela atraídos pela influência das opiniões alheias ficam se aborrecendo durante a festa inteira, sem terem a coragem de confessar seu tédio nem mesmo a si próprios...

Para compreender todo o interesse desta conversação, é necessário relatar um acontecimento aparentemente sem importância, mas que, por meio de laços invisíveis, iria reunir os personagens daquele pequeno drama, se bem que eles, por enquanto, se encontrassem ainda espalhados pelos enormes salões. Mais ou menos às onze horas da noite, em um dos momentos em que as dançarinas retornavam a seus lugares, a sociedade reunida na mansão de Gondreville tinha

18. Do italiano *ritornello*, "estribilho" ou "pequeno retorno". Passagem musical curta e recorrente no meio de uma composição maior, no caso uma suíte de danças. (N.T.)

visto surgir a mais bela mulher de Paris, a rainha da moda de então, a única que ainda estava faltando naquela esplêndida assembleia. Há muito tempo, essa bela mulher tinha estabelecido uma regra para si mesma: nunca se apresentar antes do momento preciso em que a animação dos salões começa a esfriar, chegando ao ponto em que as mulheres não conseguiriam conservar por muito mais tempo o frescor de seus rostos ou a elegância plena de seus vestidos de gala. Esse momento rápido é como a primavera de um baile. Uma hora depois, quando a excitação e o prazer iniciais já passaram, quando o cansaço começa a se instalar, tudo murcha e fenece.

Madame de Vaudrémont nunca cometia o erro social de permanecer em uma festa a partir do momento em que as hastes das flores que a enfeitavam poderiam ser vistas meio penduradas, em que os cachos de seu cabelo começariam a se soltar, os enfeites a ficarem amarrotados e, acima de tudo, em que seu rosto começaria a se parecer com o das outras mulheres, a quem o sono começa a convocar imperiosamente, que se esforçam para resistir-lhe um pouco, mas que não conseguem enganá-lo por muito tempo. Ela demonstrava o maior cuidado de não permitir que a vissem, como faziam suas rivais menos cuidadosas, a partir do momento em que sua beleza começava a ser prejudicada pelo cansaço. Ela sabia conservar habilmente sua reputação de sedutora, retirando-se de um baile com um aspecto tão brilhante quanto o que ostentara no momento de sua chegada. As mulheres cochichavam umas nos ouvidos das outras, revelando a inveja que sentiam, que ela trazia de casa e depois trocava cuidadosamente tantos enfeites e adereços quantas eram as danças de que pretendia participar durante o baile. Só que, pelo menos daquela vez, madame de Vaudrémont não conseguiu escolher à sua vontade a hora de sair da festa em que chegara triunfante. Parando um momento no umbral da porta, lançou a seu redor olhares perscrutadores, mesmo que parecessem rápidos, sobre todas as mulheres presentes, cujos vestidos de gala foram habilmente avaliados, até se convencer de que sua própria elegância eclipsava todas as demais. A famosa sedutora se ofereceu à plena admiração da assembleia, conduzida pelo braço de um dos mais bravos coronéis da Artilharia da Guarda Imperial, um favorito do imperador, o conde de Soulanges. A união momentânea e fortuita desses dois personagens apresentou sem dúvida um aspecto misterioso. Ao ouvirem o mordomo anunciar o senhor conde de Soulanges e a senhora condessa de Vaudrémont, algumas das mulheres que não estavam dançando se levantaram, e os homens vieram dos salões vizinhos e se aglomeraram nas portas do salão principal. Um dos espirituosos, que nunca faltam nessas reuniões sociais, ao ver entrarem a condessa e seu cavalheiro, comentou:

– As mulheres sentem tanta curiosidade em contemplar um homem tão fiel à sua paixão quanto os homens querem examinar uma mulher tão difícil de conquistar...

Embora o conde de Soulanges, um jovem de 32 anos, fosse dotado do temperamento nervoso que desperta no ser humano as grandes qualidades, seu aspecto franzino e seu rosto macilento o favoreciam muito pouco; seus olhos negros anunciavam muita vivacidade, mas ele demonstrava claramente sentir-se aborrecido durante as festas da sociedade, e, naquela época, nada revelava o grande talento oratório que haveria de mostrar mais tarde, durante as assembleias legislativas da Restauração, quando se assentaria entre os deputados da Direita. Por outro lado, a condessa de Vaudrémont, alta e ligeiramente roliça, cuja pele chegava a deslumbrar de tão alva, e que mantinha sempre erguida a formosa cabeça, possuía a imensa vantagem de inspirar amor simplesmente por meio da gentileza de suas maneiras e era uma dessas raras criaturas que cumprem todas as promessas feitas por sua beleza. Essa dupla, que por alguns momentos se tornara o alvo da atenção geral, não permitiu que a curiosidade se alimentasse durante muito tempo às suas custas. O coronel e a condessa rapidamente perceberam que o acaso acabara de colocá-los em uma situação um tanto embaraçosa. Ao ver que eles avançavam salão a dentro, Martial atravessou rapidamente o grupo de homens que guarnecia o posto da chaminé, a fim de observar madame de Vaudrémont pelo espaço deixado entre as cabeças que formavam uma espécie de muralha protetora, com a atenção ciumenta que é alimentada pelo primeiro ardor da paixão: era como se uma voz secreta lhe murmurasse que o sucesso de que tanto se orgulhava talvez fosse apenas temporário; mas o sorriso frívolo e polido com que a condessa agradeceu ao senhor de Soulanges e o gesto delicado mas firme com que o despediu ao sentar-se ao lado de madame de Gondreville distenderam todos os músculos que o ciúme havia contraído em seu rosto. Todavia, ao perceber que Soulanges permanecia em pé a dois passos do sofá em que estava sentada madame de Vaudrémont, e que aquele não parecia compreender o olhar que lhe fora lançado pela jovem namoradeira, que lhe informava estarem fazendo os dois um papel ridículo, o provençal impetuoso franziu novamente as sobrancelhas negras que ornavam seus olhos azuis, puxou de leve as mechas de seus cabelos castanhos, enquanto pensava qual seria a melhor atitude a tomar, e, sem trair pela expressão do rosto a violenta emoção que fazia o seu coração palpitar no peito, inspecionou a fisionomia da condessa e a do senhor de Soulanges, que gracejava alegremente com seus vizinhos. Apertou então a mão do coronel, que viera procurá-lo para renovar suas relações de amizade, mas escutava suas palavras sem lhe dar a menor atenção, de tão preocupado que estava com a situação que se formara. Soulanges lançava olhares tranquilos sobre a fila quádrupla de mulheres que emoldurava a parte central do imenso salão do senador, admirando aquela praia de diamantes, de rubis, de broches de ouro que se estendia sob as cabeças enfeitadas, cujo brilho quase fazia empalidecer o fogo das velas, o cristal dos lustres e os dourados das paredes. A calma despreocupada de seu rival fez com que o desembargador perdesse a sua. Incapaz de dominar a impaciência secreta que o dominava, Martial avançou até onde se encontrava madame de Vaudrémont, a fim de apresentar-lhe suas saudações. Quando o provençal apareceu diante deles, Soulanges lançou-lhe um olhar inexpressivo e virou a cabeça bruscamente na direção oposta. Um profundo silêncio fez-se repentinamente no salão, provocado pela curiosidade que chegara ao auge. Todas as cabeças se voltaram em direção a eles, mostrando as expressões mais bizarras, cada um dos presentes temendo ou desejando assistir a um desses escândalos que as pessoas bem educadas evitam cuidadosamente provocar. De repente, o rosto pálido do conde tornou-se tão vermelho quanto o escarlate de seu uniforme, e seu olhar baixou para o assoalho, para não dar a entender o motivo de sua perturbação. Ao relancear os olhos, avistara a jovem desconhecida, ainda humildemente colocada ao pé do candelabro, e com um ar triste ele passou na frente do jovem desembargador, indo refugiar-se em um dos salões de jogo. Tanto Martial como a assembleia expectante acreditaram que Soulanges lhe cedia publicamente o lugar, pelo pavor do ridículo que recai sempre sobre os amantes destronados. O desembargador ergueu orgulhosamente a cabeça e observou de relance a desconhecida; logo em seguida, ao sentar-se tranquilamente ao lado de madame de Vaudrémont, escutou-a com um ar tão distraído que sequer entendeu o significado das palavras que a sedutora pronunciava por trás de seu leque:

– Martial, pode me fazer o favor de não usar mais esta noite esse anel que tirou de mim? Tenho minhas razões para lhe pedir isso e vou explicá-las daqui a pouco, assim que formos embora. Você me dará o braço quando sairmos juntos para ir à casa da princesa de Wagram.

– Mas por que você entrou aqui de braço dado com o coronel? – interrogou o barão.

– Porque eu o encontrei no vestíbulo – respondeu ela. – Mas agora, levante e saia daqui, pois todo mundo está nos olhando...

Martial ergueu-se e voltou para onde estava o coronel-general dos couraceiros da Guarda. A pequena dama de azul tornou-se então o elo comum da inquietação que agitava simultaneamente, mas de forma tão diversa, o couraceiro, Soulanges, Martial e a condessa de Vaudrémont. Quando os dois amigos se separaram, após o desafio que pusera termo à conversa deles, o desembargador retornou imediatamente para onde se achava madame de Vaudrémont, convencendo-a sem grande dificuldade a participar da quadrilha mais brilhante da festa. Sentindo-se protegido por essa espécie de embriaguez em que uma mulher sempre mergulha como resultado da dança e do movimento de um baile em que os homens se mostram com a vulgaridade da ostentação de roupas de gala que não lhes dão menor brilho que o conferido às mulheres por seus vestidos, Martial acreditou que podia entregar-se impunemente ao encanto que o atraía para a desconhecida. Ainda que ele tivesse conseguido esconder os primeiros olhares que lançou sobre a pequena dama de azul da atenção vigilante dos olhos da condessa, foi logo surpreendido em flagrante delito; se conseguiu desculpar-se por uma primeira distração, não justificou o impertinente silêncio com que respondeu logo a seguir à mais encantadora pergunta que uma mulher pode fazer a um homem: "Você está apaixonado por mim esta noite?...". E quanto mais ele parecia desligado do momento presente, tanto mais ela o provocava e insistia. Enquanto Martial dançava com sua condessa, o coronel ia de grupo em grupo, conduzindo a conversa no sentido de obter informações a respeito da jovem desconhecida. Depois de haver esgotado a paciência de todos os seus amigos e até mesmo de alguns indiferentes, ele já se havia decidido a aproximar-se da condessa de Gondreville e esperar o primeiro momento em que um interlocutor se afastasse para indagar diretamente o nome daquela dama misteriosa, quando percebeu um pequeno espaço vago entre a coluna trincada que suportava o candelabro e os dois divãs que haviam sido colocados junto a ele. O coronel aproveitou um momento em que a dança deixara vazia uma boa parte das cadeiras que formavam as diversas trincheiras de fortificações, defendidas nesse momento apenas por mamães ou por matronas de uma certa idade, e empreendeu a difícil travessia daquela paliçada recoberta de mantilhas e de lenços de renda. Foi indo de dama em dama, cumprimentando as viúvas ricas mais velhas e depois, de mulher em mulher, de cortesia em cortesia, acabou por atingir o espaço vazio junto à desconhecida. Mesmo correndo o risco de prender os alamares do uniforme nos grifos e quimeras que enfeitavam o imenso candelabro, instalou-se ali, sob o fogo e a cera que escorria das velas, para grande descontentamento de Martial. Experiente demais para interpelar diretamente a pequena dama de azul que estava agora à sua direita, o coronel dirigiu-se inicialmente a uma senhora gorda e bastante feia que estava à sua esquerda:

– Está vendo, minha senhora, que baile bonito? Que luxo! Que animação! Palavra de honra, todas as mulheres que estão aqui hoje são lindas!... A senhora não está dançando, naturalmente, porque não está com vontade...

Este bate-papo sem sentido, iniciado pelo coronel, tinha como objetivo, naturalmente, atrair à conversação sua vizinha da direita, mas esta, silenciosa e parecendo preocupada, não lhe dava a menor atenção. O oficial guardava na manga uma porção de frases irrelevantes, que podiam ser concluídas por um gancho do tipo: "e a senhora, madame, o que acha?", que já lhe havia sido bastante útil no passado. Nesse instante, sentiu uma enorme surpresa ao perceber algumas lágrimas que escorriam pelas faces da desconhecida, cujo olhar parecia inteiramente atraído pela figura de madame de Vaudrémont.

– A senhora deve ser casada...? – indagou finalmente o coronel Montcornet, em um tom de voz um tanto inseguro.

– Sim, cavalheiro – respondeu simplesmente a desconhecida.

– O senhor seu marido também a está acompanhando, naturalmente...

– Sim, cavalheiro.

– Mas por que, então, a senhora está escondida neste lugar? É para evitar as atenções?...

A jovem confirmou sua aflição por meio de um sorriso triste.

– Conceda-me a honra, minha senhora, de ser seu cavalheiro na próxima contradança e fique certa de que não a trarei de volta para um lugar tão obscuro! Ali pertinho da lareira estou vendo que há um sofá vazio, vamos para lá... Com tantas mulheres querendo dominar a reunião, e sendo a loucura desta noite o ápice da realeza, não posso concordar que a senhora se recuse a aceitar o título de rainha do baile, que certamente parece destinado à sua beleza.

– Cavalheiro, eu não quero dançar.

A brusquidão das respostas desta jovem era tão desesperadora que o coronel acabou por desistir da conquista. Martial, que adivinhara o pedido feito pelo coronel e a recusa que este recebera, começou a sorrir e passou a mão pelo queixo, fazendo cintilar o anel que trazia no dedo.

– Está rindo de quê?... – perguntou-lhe a condessa de Vaudrémont.

– Do insucesso daquele pobre coronel, que acabou de dar um passo em falso...

– Eu já tinha lhe pedido que tirasse esse anel – interrompeu-o a condessa.

– Ah, foi...? Acho que eu não tinha entendido...

– Mesmo que o senhor não esteja escutando nada esta noite, senhor barão, segundo me parece, está vendo tudo... – respondeu-lhe madame de Vaudrémont, parecendo aborrecida.

– Ali está um rapaz exibindo um belíssimo brilhante – disse de repente a desconhecida ao coronel.

– Ah, é magnífico!... – respondeu ele. – Esse jovem é o barão Martial de la Roche-Hugon, um de meus melhores amigos...

– Agradeço-lhe por me informar o nome dele – retrucou a jovem. – Ele me parece muito simpático.

– Claro que sim, mas é um pouco leviano...

– Parece que ele tem muita intimidade com a condessa de Vaudrémont... – afirmou a jovem senhora, que, de fato, estava interrogando o coronel com o olhar.

– Mais íntimo não poderia ser!...

A desconhecida empalideceu.

"Ora essa!", pensou o militar. "Será que ela está apaixonada por esse diabo do Martial?"

– Eu pensava que madame de Vaudrémont já estivesse comprometida há bastante tempo com o senhor de Soulanges... – recomeçou a jovem, depois de controlar um pouco o sofrimento emocional que se havia revelado bastante claramente na expressão de seu rosto cheio de juventude.

– Já faz oito dias que a condessa o está passando para trás... – informou o coronel. – Mas a senhora deveria ter visto esse pobre Soulanges no momento em que entrou no salão de braço com ela: o infeliz ainda não se convenceu de sua infelicidade...

– Eu vi – disse a dama de azul. A seguir, ela acrescentou, com uma entonação de voz que indicava claramente uma despedida: – Muito obrigada, cavalheiro.

Nesse momento, a contradança já estava quase acabando, e o coronel, desapontado, só teve tempo de se despedir e ir embora, dizendo a si mesmo, como um triste consolo: "Está certo, ela é casada...".

– Pois então, meu corajoso couraceiro...? – indagou o barão, puxando o coronel por um braço para o vão de uma janela, a fim de respirar o ar fresco que vinha dos jardins. – Em que pé está sua conquista...?

– Ela é casada, meu caro.

– E que diferença isso faz para você?

– Que diabo, meu amigo, não sabe que sou um homem honrado...? – respondeu o coronel. – Não tento conquistar mulheres com quem não possa me casar. Além disso, Martial, ela me declarou formalmente que não está com vontade de dançar...

– Meu coronel, vamos apostar seu cavalo tordilho contra cem napoleões de ouro que ela ainda vai dançar comigo esta noite?...

– Pois está feito! – disse o coronel, apertando firmemente a mão do vaidoso. – Enquanto aguardo o resultado da aposta, vou conversar com aquele pobre Soulanges; tenho a impressão de que ele conhece esta dama, porque ela me pareceu bastante interessada nele.

– Esta aposta você já perdeu, camarada! – disse Martial, com um riso de convencimento. – Meus olhos já se cruzaram com os dela, e eu sei muito bem onde estou pisando. Meu caro coronel, não vai ficar de mal comigo, se eu conseguir dançar com ela depois que ela se recusou a dançar com você?

– Não, não, é claro que não. Ri melhor quem ri por último. Quanto ao mais, Martial, sou bom jogador e inimigo cordial. Já vou lhe prevenindo que ela gosta de diamantes...

Aposta feita, os dois amigos foram cada um para seu lado. O general Montcornet dirigiu-se para o salão de jogos, onde avistou o conde de Soulanges sentado a uma mesa de bouillotte. Embora só existissem entre os dois oficiais a amizade e a camaradagem comum que surgem entre os perigos da guerra e os deveres do serviço militar, o coronel-general dos couraceiros sentiu-se profundamente comovido ao ver o coronel da artilharia, que ele tinha na conta de homem sensato, envolvido em uma partida de cartas cujas apostas eram tão elevadas que ele poderia arruinar-se. As pilhas de moedas de ouro e de cédulas bancárias amontoadas sobre o fatal pano verde atestavam que os participantes tinham sido tomados pela fúria do jogo. Um círculo de homens silenciosos cercava os encarniçados jogadores. Só se escutavam os comandos do jogo, em voz baixa e a intervalos irregulares: "passa", "jogo", "dobro", "mil luíses", "pago para ver". Todavia, ao se observar estes cinco personagens praticamente imóveis, parecia que eles só se falavam com os olhos. No momento em que o coronel, assustado com a palidez de Soulanges, aproximava-se dele, o conde ganhou a mão. O marechal duque de Isemberg,[19] e um banqueiro famoso, chamado Keller,[20] levantaram-se da mesa, depois de terem sido aliviados de somas consideráveis. Mas Soulanges parecia ainda mais sombrio ao puxar para sua frente

19. Personagem balzaquiano, cuja descrição foi calcada sobre a figura do famoso diplomata, Metternich, citado somente nesta ocasião. (N.T.)

20. François Keller, o mais velho dos irmãos Keller, banqueiros de origem judaica, aparentados com os Gobenheim. Personagem fictício, citado em grande número de obras, ainda vivia em 1839. (N.T.)

um monte de moedas de ouro e de cédulas, que nem se deu ao trabalho de contar; seus lábios pareciam crispados por um desprezo amargo, e ele até parecia estar com raiva de sua boa sorte em vez de agradecer-lhe por seus favores.

– Acalme-se... – disse o coronel. – Vamos lá, tenha coragem, Soulanges.

Pensando que o melhor serviço que poderia prestar ao camarada de armas naquele momento era tirá-lo da mesa de jogo enquanto estava ganhando, continuou:

– Venha comigo, tenho uma boa notícia para lhe dar, mas só se aceitar uma condição...

– Que condição? – quis saber Soulanges.

– Que me responda uma pergunta que pretendo lhe fazer.

O conde de Soulanges levantou-se bruscamente, puxou do bolso um grande lenço amassado e retorcido e amontoou dentro dele seus ganhos, aparentando a maior indiferença, com uma fisionomia tão mal-humorada que os jogadores restantes sequer se atreveram a lhe pedir revanche ou a reclamar que ele bancava o Carlos Magno.[21] Seus semblantes pareceram até mesmo se tranquilizar um pouco quando aquele rosto fechado e melancólico saiu do círculo luminoso projetado pelo candelabro sobre o feltro verde da mesa de bouillotte.

– Esses malditos milicos estão de combinação, igual a ladrões de feira!... – cochichou ao sentar-se um diplomata que estivera peruando o jogo e aproveitara para tomar o lugar que o coronel deixara vago.

Um único rosto pálido e exaurido voltou-se para o novo parceiro com um olhar de cólera passageira, que se apagou como a cintilação de um diamante:

---

21. Ou seja, retirando-se imediatamente após haver ganho, sem conceder revanche aos perdedores. (N.T.)

– Não mencione a honra militar na mesma frase que a dos civis, senhor ministro.

Montcornet levou Soulanges até um canto e disse:

– Meu caro, esta manhã o imperador lhe fez um elogio, e sua promoção ao marechalato não me parece sujeita a dúvidas.

– O "patrão" não gosta muito da artilharia...

– Sim, mas ele adora a nobreza, e você descende da antiga aristocracia!... O "patrão" – prosseguiu Montcornet – disse que aqueles que se casaram em Paris durante a última campanha não deviam ser considerados com desprezo. Compreende?

Para falar a verdade, a expressão do rosto do conde de Soulanges era de quem não compreendia nada.

– Tudo bem. Agora, por favor, em troca da bela notícia – continuou o coronel – espero que me diga se conhece uma encantadora mulherzinha que está sentada ao pé de um candelabro...

Ao ouvir essas palavras, os olhos do conde se arregalaram, e ele pegou a mão do coronel com uma força inesperada.

– Meu caro general – disse-lhe com a voz perceptivelmente alterada –, se fosse qualquer outra pessoa que me tivesse feito essa pergunta, eu lhe rebentaria o crânio com um único golpe deste punhado de ouro que trago amarrado dentro do lenço. Não me fale mais nisso, pelo amor de Deus!... Passei esta noite atormentado por um impulso muito grande de dar um tiro em meus próprios miolos, a tal ponto que... Odeio tudo isso que estou vendo!... De modo que vou sair daqui agora mesmo. Esta alegria, esta música, estes rostos estúpidos que riem sem motivo estão me assassinando...

– Meu pobre amigo – respondeu Montcornet com voz calma, dando tapinhas amistosos na mão de Soulanges –, você está realmente muito perturbado!... E se eu lhe disser que Martial está tão pouco preocupado com madame de Vaudrémont que seu interesse foi fortemente despertado por aquela pequena dama?

– Se ele se atrever a falar com ela – gaguejou Soulanges, tomado de fúria –, eu vou deixá-lo tão achatado quanto sua carteira e ele não me escapa, mas de jeito nenhum, nem que vá se sentar no colo do imperador!...

O conde estava tão abalado que parecia não ter mais forças para se manter em pé e caiu sentado em uma namoradeira colocada junto ao canto a que o coronel o trouxera. Este último foi saindo lentamente, porque percebera que Soulanges tinha sido tomado por uma cólera violenta demais para ser acalmada pelas brincadeiras ou tentativas de consolo de um camarada de armas cuja amizade era apenas superficial. Quando o coronel Montcornet retornou ao grande salão de danças, a primeira pessoa que avistou foi justamente madame de Vaudrémont, e ele observou que seu rosto, em geral tão calmo, parecia afetado por uma agitação mal disfarçada. Ao ver uma cadeira vaga a seu lado, o coronel foi sentar-se nela.

– Tenho a impressão de que a senhora está um pouco preocupada... – afirmou.

– É só uma bobagem, general. É que eu já deveria ter ido embora. Prometi ir ao baile da grã-duquesa de Berg,[22] mas preciso ir primeiro fazer uma visita rápida em casa da princesa de Wagram. O sr. de La Roche-Hugon, que ficou de me acompanhar, está a par de tudo isso e me deixa esperando, enquanto se diverte conversando com as viúvas...

– Acho que não é exatamente esse o motivo de sua preocupação. De fato, aposto cem luíses que a senhora não vai sair tão cedo daqui esta noite.

– Mas como o senhor é atrevido!...

---

22. Caroline Murat, cujo marido havia sido nomeado grão-duque de Berg e de Clèves, a 15 de março de 1806. (N.T.)

– Quer dizer, então, que acertei...?

– Então me diga em que é que estou pensando, se é que sabe tão bem... – disse a condessa, batendo com o leque nos dedos do coronel. – Se conseguir adivinhar, quem sabe eu até lhe dou uma recompensa...

– Não vou aceitar seu desafio, porque a vantagem é muito grande do meu lado...

– Presunçoso!...

– A senhora está com receio de ver Martial junto de...

– De quem...? – perguntou a condessa, fingindo estar surpresa.

– Junto daquele candelabro – respondeu o coronel, indicando a bela desconhecida, enquanto olhava fixamente para a condessa, com uma atenção embaraçosa.

– Pois adivinhou – respondeu a sedutora, escondendo o rosto por detrás do leque, com o qual começou a brincar. Depois de um minuto de silêncio, recomeçou: – A velha madame de Lansac, que, como o senhor bem sabe, é mais cheia de malícia que uma macaca velha, acaba de me contar que o sr. de La Roche-Hugon está correndo perigo por se meter a cortejar essa desconhecida, que se enfiou aqui só para estragar a festa. Olhe, eu preferia ver a morte do que enxergar esse rosto tão cruelmente belo e pálido quanto o de um fantasma. É como se fosse um anjo mau. A sra. de Lansac – prosseguiu, fazendo um gesto de nojo – só vem aos bailes para olhar tudo enquanto finge que está dormindo, e a malvada me olhou de tal forma que fiquei completamente perturbada. Foi pura crueldade da parte dela... Ah, mas o Martial vai me pagar caro por isso, ah, se vai!... Por favor, general, vá falar com ele. Os senhores são amigos e peça-lhe que não me dê mais desgostos...

– Acabo de conversar com um outro homem, que me declarou, nada mais, nada menos, que pretendia estourar os miolos de Martial, caso ele se atreva a conversar com essa pequena dama de azul. E olhe, minha senhora, não é um homem que fale por falar. Todavia, se é que eu conheço Martial, esse tipo de perigo só vai lhe servir de incentivo... E tem mais: nós acabamos de fazer uma aposta... – continuou o coronel, baixando a voz, enquanto revelava os termos à condessa.

– Está falando sério? – quis saber a condessa.

– Palavra de honra.

– Muito obrigada, general – respondeu madame de Vaudrémont, lançando-lhe um olhar cheio de sedução e promessas.

– A senhora me dará a honra de dançar comigo?

– Sim, mas não agora. A segunda contradança. Primeiro, quero descobrir no que vai dar essa intriga e saber quem é essa pequena dama de azul, que tem um ar tão espiritual...

O coronel, percebendo perfeitamente que a condessa de Vaudrémont queria ficar sozinha durante alguns minutos, apresentou suas despedidas, sentindo-se bastante satisfeito, porque achava que tinha começado muito bem seu ataque.

Em todas as festas existem algumas damas, semelhantes a madame de Lansac, iguais a velhos marujos parados à beira do cais, contemplando os jovens marinheiros em luta contra as tempestades. Nesse momento, a sra. de Lansac, que parecia muito interessada pelos personagens daquele pequeno drama, conseguira adivinhar facilmente os sentimentos que a condessa estava tentando dominar. Por mais que a jovem sedutora se abanasse alegremente, sorrisse aos jovens que a cumprimentavam e empregasse todos os artifícios que servem a uma mulher para esconder suas verdadeiras emoções, a velha viúva, uma das duquesas mais perspicazes e maliciosas que o século XVIII produziu e deixou de herança ao século XIX, sabia ler perfeitamente o coração e os pensamentos dela. A velha dama parecia dominar a habilidade de reconhecer os movimentos mais imperceptíveis que revelam as tristezas da alma. O mais leve franzir que enrugasse aquela testa tão branca, aquela fronte tão pura, o mais insensível tremor das maçãs do rosto, um pequeno arquear das sobrancelhas, o mais invisível contrair dos lábios, cuja tonalidade coralina nada conseguia esconder-lhe, eram para a duquesa como as páginas de um livro aberto. Encolhida no fundo de sua poltrona bergère, que as saias amplas de seu vestido enchiam inteiramente, a antiga namoradeira, enquanto conversava com um diplomata, que sempre que a encontrava vinha sentar-se com ela a fim de escutar as anedotas da sociedade que ela sabia contar tão bem, admirava o reflexo de si mesma na jovem sedutora; de fato, tinha-se até mesmo tomado de uma certa simpatia por ela, ao vê-la disfarçar tão bem sua tristeza e as torturas que seu coração estava sofrendo. De fato, madame de Vaudrémont estava sentindo tanta dor quanto fingia estar alegre: ela tinha pensado reconhecer em Martial um homem talentoso, com cujo amparo contava para adornar sua vida de todos os encantos do poder; nesses últimos momentos, ela havia reconhecido ter cometido um erro tão cruel para sua reputação como para seu amor-próprio. Em seu coração, como no da maioria das mulheres da época, o inesperado das paixões aumentava o vigor de que estavam revestidas. As almas que vivem muito e passam rapidamente de uma emoção para outra não sofrem menos que aquelas que se consomem em um único amor. É bem verdade que o afeto da condessa por Martial datava praticamente da véspera, mas o mais inexperiente dos cirurgiões sabe que a amputação de um membro vigoroso é muito mais dolorosa que o sofrimento causado pela retirada de um membro gangrenado pela doença. A simpatia de madame de Vaudrémont por Martial tinha todos os motivos para crescer e frutificar no futuro, do mesmo modo que sua paixão anterior por Soulanges era um afeto sem esperança, envenenado desde o começo pelos remorsos que aquele sentia. A velha duquesa, que esperava o momento oportuno para conversar com a condessa, deu um jeito de mandar embora o diplomata porque, segundo sentia, todo e qualquer outro interesse deveria ser posto de lado diante da sorte de namorados que estavam a ponto de brigar, ainda mais no coração de uma velha. Para iniciar a luta, madame de Lansac lançou um olhar sardônico sobre madame de Vaudrémont, com a intenção de despertar no coração da jovem namoradeira o medo de que seu destino estivesse nas mãos da velha matrona. Era um desses olhares que passam de uma mulher a outra, como archotes acesos para iluminar o desfecho de uma tragédia. Era preciso ter conhecido a duquesa para compreender o terror que a expressão de sua fisionomia despertou no coração da infeliz condessa. Madame de Lansac era uma mulher alta e os traços de seu rosto envelhecido faziam com que dissessem dela: "Essa mulher deve ter sido muito linda!". Ela carregava o rosto com tanta maquilagem que quase conseguia fazer desaparecer as rugas; todavia, em vez de refletir o brilho desse carmim excessivo, seus olhos apenas tornavam-se ainda mais apagados. Recobria-se de uma enorme quantidade de diamantes, mas se vestia com tanto gosto, que nem assim recaía no ridículo. Seu nariz pontudo anunciava um senso de humor cáustico. Uma dentadura postiça muito bem-feita conservava em sua boca uma expressão de ironia que lembrava muito a de Voltaire. Entretanto, a extraordinária polidez de suas maneiras disfarçava tão bem o caráter malicioso de suas ideias que não era possível acusá-la diretamente de maldade. Os olhos cinzentos da velha dama se animaram: um olhar triunfal, acompanhado de um sorriso que significava: "Bem que eu havia imaginado!" atravessou o salão e ressuscitou o rubor de esperança sobre as faces pálidas da jovem que gemia baixinho junto do candelabro. Essa aliança entre madame de Lansac e a desconhecida não podia escapar ao olhar treinado da condessa de Vaudrémont, que percebeu imediatamente existir ali um mistério que seria forçada a desvendar. Nesse momento, o barão de La Roche-Hugon, depois de ter entabulado conversa com todas as velhas viúvas presentes, sem conseguir descobrir o nome da pequena dama de azul, dirigiu-se, em desespero de causa, à condessa de Gondreville; porém, depois de interrogá-la, só recebeu uma resposta pouco satisfatória:

– Oh, é apenas uma jovem dama que essa velhota, a duquesa de Lansac, resolveu trazer consigo e me apresentou de passagem...

Ao voltar-se por acaso em direção à poltrona bergère que era ocupada pela velha dama, o jovem desembargador surpreendeu justamente o olhar de confirmação que a duquesa lançara em direção à desconhecida e, ainda que tivessem tido uma espécie de atrito que os deixara de má vontade um com o outro já fazia algum tempo, decidiu-se a abordá-la. Ao ver o barão rondando inquieto sua poltrona, em busca de um pretexto para falar com ela, a velha condessa sorriu com uma malícia sardônica e olhou para a condessa de Vaudrémont de uma maneira tão humilhante que fez o coronel Montcornet dar uma risadinha.

"Se essa velha cigana me tratar com amizade," pensou o barão, "é sinal de que está se preparando para me pregar uma peça." Mesmo assim, decidiu-se a lhe dirigir a palavra:

– Senhora, disseram-me que assumiu o encargo de vigiar um tesouro muito precioso!...

– Mas o quê? O senhor está pensando que sou algum dragão? – indagou a velha dama. Após uma pequena pausa, acrescentou com uma voz tão doce que fez a esperança renascer no coração de Martial: – Mas de quem o senhor está falando...?

– Daquela pequena dama desconhecida que os ciúmes de todas essas namoradeiras confinaram naquele canto. A senhora deve conhecer a família dela...?

– Sim – concordou a duquesa. – Mas o que o senhor pretende de uma herdeira provinciana, que se casou já faz algum tempo, de fato, uma jovem muito bem nascida, mas que ninguém conhece, porque não vai a parte alguma?

– Por que ela não está dançando? É uma dama tão linda!... Quem sabe, nós assinamos um tratado de paz, a senhora e eu?... Se estiver disposta a me contar tudo o que estou interessado em saber, juro que, caso renove sua demanda judicial pela restituição dos bosques de Navarreins pelo Erário Público, desta vez sua petição será encaminhada por mim ao imperador com as melhores recomendações possíveis...

Era o ramo mais moço da família de Navarreins, cujo escudo era descrito nos livros de nobreza como "esquartelado de Lansac, que é de fundo azur com um ramo podado em argenta, flanqueado por seis pontas de lança também de argenta em posição estacada" que estabelecia a ligação da velha dama com Louis XV e valera o título de duquesa mediante diplomação heráldica; e, como os Navarreins ainda não haviam voltado do exílio, o que o jovem desembargador estava propondo à velha dama era de fato um suborno que envolvia o pior tipo de corrupção, ao insinuar a ela que demandasse novamente a posse de um bem que legalmente pertencia ao ramo mais velho da família.

– Senhor – respondeu a velha dama, com uma gravidade enganadora –, faça-me o favor de trazer até aqui a condessa de Vaudrémont. Prometo revelar a ela o mistério que torna nossa pequena desconhecida tão interessante... Já deve ter percebido que todos os homens do baile atingiram o mesmo grau de curiosidade que o seu. Todos os olhares se voltam involuntariamente para esse tal candelabro, junto ao qual minha protegida se colocou tão modestamente; desse modo, ela está constantemente recebendo todas as homenagens que as outras lhe quiseram furtar. Feliz daquele a quem ela decidir conceder uma única dança!...

Interrompeu-se, enquanto fixava a condessa de Vaudrémont com um de seus olhares cheios de significado, que dizia claramente: "É de você que estamos falando...". A seguir, acrescentou:

– Acredito que você gostaria muito mais de ouvir o nome da desconhecida proferido pela boca de sua bela condessa do que pela minha, pois não?

A atitude da duquesa era tão provocante que madame de Vaudrémont decidiu-se a levantar, veio até onde ela se achava e sentou-se na cadeira que lhe ofereceu Martial; fingindo que não dava a menor importância a ele, dirigiu-se à outra:

– Adivinhei, senhora – disse-lhe sorrindo –, que estava falando a meu respeito. Confesso que estou em desvantagem: não sei se estava falando de bem ou de mal...

Madame de Lansac apertou com uma mão velha e enrugada a bela mão da jovem e respondeu com a voz cheia de compaixão:

– Minha pobre garota!...

As duas mulheres se entreolharam. Madame de Vaudrémont compreendeu imediatamente que Martial estava sendo inoportuno e o mandou embora com uma ordem imperiosa:

– Saia já daqui!...

O desembargador, nada satisfeito ao ver que a condessa já sucumbira ao encanto da velha sibila, que a atraíra para junto de si por seu próprio intermédio, lançou-lhe um desses olhares masculinos cheios de carinho, que têm tanto poder sobre um coração cego de paixão, mas que parecem ridículos a uma mulher, quando ela já começa a ver com outros olhos aquele por quem se havia enamorado.

– Por acaso o senhor tem a pretensão de imitar o imperador? – disse madame de Vaudrémont, girando a cabeça três quartos a fim de poder contemplar o jovem desembargador com um ar de ironia.[23]

Martial conhecia bem demais os costumes da sociedade e era demasiado sofisticado e calculista para se expor a um rompimento com uma mulher que gozava de uma reputação tão boa na corte imperial e em cujas segundas núpcias o próprio imperador demonstrava ter interesse; além disso, acreditava que a melhor maneira de adivinhar o segredo de sua súbita frieza era despertar nela um certo grau de ciúme; assim, afastou-se de boa vontade, tanto mais que uma nova contradança estava sendo anunciada naquele momento e todos estavam procurando pares. O barão simulou que estava dando lugar às quadrilhas no centro do salão e foi encostar-se contra o tampo de mármore de uma mesa lateral, cruzou os braços sobre o peito e ficou prestando atenção de longe na conversa das duas senhoras. De quando em quando, ele acompanhava os olhares que ambas lançaram diversas vezes em direção à desconhecida. Ao comparar então a condessa com aquela nova formosura que o mistério tornava tão atraente, o barão logo se entregou aos cálculos mesquinhos que costumam passar pela cabeça dos homens que têm habitualmente sorte com as mulheres: oscilava entre conservar a fortuna que estava ao alcance de sua mão e a satisfação de um capricho. O reflexo das luzes ressaltava tão bem seu rosto concentrado e sombrio contra os cortinados de tule branco empurrados

23. Alusão aos hábitos de conquistador de Napoleão, cujo olhar dominador seduzia tanto as mulheres, segundo se dizia, quanto enchia de entusiasmo bélico seus soldados. (N.T.)

contra a parede por seus cabelos negros que alguém que relanceasse os olhos sobre ele poderia compará-lo a um gênio maligno. À distância, mais de um observador certamente deve ter pensado: "Ora, vejam só, esse malandro parece estar divertindo-se bastante com alguma coisa!...". Enquanto isso, com o ombro direito levemente apoiado contra o marco da porta que separava o salão de dança da sala de jogos, o coronel ria sem ser visto por baixo de seus amplos bigodes, divertindo-se com o prazer de contemplar o tumulto do baile: via cem cabeças lindas girando ao capricho da dança; lia em alguns rostos, como os da condessa e de seu amigo Martial, os segredos de sua agitação; logo após, girando um pouco a cabeça, ele indagava a si mesmo qual era a relação entre o ar sombrio do conde de Soulanges, que continuava sentado em seu divã, e a fisionomia lamentável da dama desconhecida, em cujo rosto apareciam alternadamente as alegrias da esperança e as angústias de um terror involuntário. Montcornet sentia-se como o rei da festa; percebia nesse quadro em constante movimento um retrato completo da sociedade e ria dela ao perceber-se alvo dos sorrisos interesseiros de cem mulheres cheias de joias e elegantemente vestidas. Um coronel da Guarda Imperial, um posto que correspondia à graduação de general de brigada, era certamente um dos melhores partidos dentre os oficiais do exército. Já era cerca de meia-noite. As conversas, os jogos, as danças, os namoricos, os interesses, as sugestões maldosas e os projetos haviam todos atingido esse grau de calidez que arranca dos lábios de um jovem inexperiente a exclamação: "Que lindo baile!...".

– Meu anjinho lindo – dizia madame de Lansac à condessa –, você está justamente na idade em que eu cometi a maior parte de meus erros... Acabei de vê-la sofrer mil mortes e pensei comigo mesma que lhe deveria dar alguns conselhos caridosos. Cometer erros aos 22 anos é a mesma coisa que rasgar o vestido que se pretende usar amanhã, vale dizer, comprometer o próprio futuro. Acredite, minha querida, quando aprendemos a maneira mais adequada de usar os trajes que melhor irão favorecer nosso futuro, em geral já é tarde demais. Meu coração, se continuar a arranjar inimigos habilidosos e amigos cuja conduta não merece confiança, vai ver que linda vida terá de enfrentar um dia...

– Ah, minha senhora, é tão difícil para uma mulher ser feliz, não é verdade?... – exclamou ingenuamente a condessa.

– Minha pequena, na sua idade, é preciso aprender a fazer as escolhas certas bem depressa, e a principal é saber escolher entre os prazeres e a felicidade. Você está pensando em casar-se com esse Martial, que não é nem bobo o suficiente para ser um bom marido, nem está apaixonado o bastante para tornar-se um bom amante... Ele tem dívidas, minha querida, é o tipo do homem capaz de devorar sua fortuna; mas isso não seria nada, caso ele fosse capaz de lhe trazer felicidade. Mas não vê como ele parece velho demais perto de você? No passado, esse homem deve ter sido consumido por muitas doenças e agora só lhe sobrou um restinho de energia. Daqui a três anos, vai estar fisicamente acabado. Talvez então se torne mais ambicioso, e é até mesmo possível que obtenha sucesso. Mas eu, pessoalmente, não botaria nisso muita fé. Afinal de contas, quem é ele? Não passa de um intrigante da corte, que pode possuir grande domínio sobre as manobras sociais e até saber conversar muito bem, mas é pretencioso demais para que venha a desenvolver um verdadeiro talento. Aliás, tenho certeza de que não vai muito longe... Além disso, olhe só, dê uma espiada nele!... Não consegue ler na sua testa que ele não vê em você uma mulher jovem e bonita, mas os dois milhões de francos que você possui? Ele não a ama, minha querida, ele a avalia como se pretendesse fazer um bom negócio. Se você está mesmo com vontade de se casar de novo, então procure um homem mais velho, que goze de boa reputação e que esteja bem encaminhado em sua carreira. Uma viúva não deve considerar um segundo casamento como uma garotinha apaixonada. Por acaso já viu uma ratazana cair duas vezes na mesma armadilha? Não, minha cara, um novo contrato matrimonial deve ser para você como um investimento financeiro, e é preciso, caso venha a se casar de novo, ter pelo menos a esperança de ser algum dia conhecida como a esposa de um marechal!...

Nesse momento, os olhos das duas mulheres fixaram-se quase espontaneamente sobre a bela figura do coronel Montcornet.

– Contudo, se preferir viver o difícil papel de uma sedutora e não se casar outra vez – recomeçou a duquesa com um tom de voz benevolente –, ah, minha pobre garota! Acredito que você tenha mais talento que qualquer outra para acumular as nuvens de uma tempestade e depois dissipá-las. Mas recomendo encarecidamente que não se dê ao prazer de perturbar a paz conjugal, de destruir a união das famílias, de atrapalhar a felicidade das mulheres bem casadas. No passado, eu representei muitas vezes este papel perigoso, acredite em mim, minha querida. Ai, meu Deus, só pelo prazer de aumentar a minha autoestima, tantas vezes destruí a felicidade de algumas pobres criaturas virtuosas!... Porque existem, minha querida, realmente existem mulheres virtuosas, cujo ódio mortal é tão fácil de obter!... Um pouco tarde demais, aprendi que, para usar a expressão do duque de Alba, um salmão vale mais do que mil sapos!... É claro que um amor verdadeiro nos dá um regozijo muitas vezes maior do que todas essas paixões efêmeras que se despertam tão facilmente nos homens!... Viu só? Vim hoje aqui para lhe pregar um sermão. Sim, você é a causa de minha presença neste salão tão cheio de gentinha... Pois não avistei hoje, andando com a maior naturalidade no meio dessa multidão, até mesmo alguns atores de teatro? Antigamente, minha filha, a gente podia até levar um ator para o quarto, mas nunca se convidava essa gente para uma festa!... Por que está me olhando com essa cara tão espantada? Escute bem o que vou lhe dizer: se você quiser se divertir à custa dos homens, só transtorne o coração daqueles que ainda não têm a vida assentada, aqueles que não têm deveres familiares a cumprir: os outros nunca vão nos perdoar pelos incômodos que lhes causamos, por maior que tenha sido a felicidade que demos a eles... Aproveite os conselhos que lhe dou com base em minha longa experiência. Esse pobre Soulanges, por exemplo, cuja cabeça você virou e que mantém à sua volta, tão tonto como se estivesse embriagado, só Deus sabe a que ponto!... Pois muito bem: sabe sobre o que recaem seus golpes?... Sobre todos os aspectos da vida dele!... Ele se casou há uns dois anos e meio, é adorado por uma criatura encantadora, a quem ele ama e ao mesmo tempo engana; ela vive debulhada em lágrimas, mas não se queixa nunca de nada e mantém o mais amargo dos silêncios. Soulanges tem momentos de remorso muito mais cruéis do que a doçura dos prazeres que você possa lhe ter dado. E agora você, sua caprichosa, acabou de passá-lo para trás!... Pois bem, venha contemplar o resultado de seus caprichos...

A velha duquesa pegou a mão de madame de Vaudrémont e as duas se levantaram juntas.

– Olhe só – disse madame de Lansac, indicando com um golpe de vista a desconhecida pálida e trêmula sob os fogos que reluziam no candelabro. – Veja lá: aquela é minha jovem sobrinha-neta, a condessa de Soulanges, que finalmente aceitou meus frequentes convites e consentiu em deixar o quarto de sofrimentos em que permanecia até hoje e no qual a visão de seu filhinho lhe trazia um consolo muito débil. Está vendo agora? Não lhe parece encantadora? Pois muito bem, minha bela dama, só imagine como ela devia ser formosa quando a felicidade e o amor espalhavam seu brilho sobre aquele rosto que a tristeza faz murchar.

A condessa virou a cabeça, silenciosamente, parecendo dominada por profundas reflexões. A duquesa levou-a pela mão até a porta da sala de jogos; depois de relancear os olhos para dentro da peça, como se estivesse procurando alguém, declarou à condessa, em um tom de voz profundo:

– E lá está o Soulanges...

A condessa estremeceu ao perceber no canto menos iluminado da sala de jogos o rosto pálido e contraído de Soulanges, cujo corpo estava afundado no divã. A fraqueza que mostravam seus membros e a imobilidade de sua cabeça demonstravam toda a dor que ele sentia; os jogadores iam e voltavam, passando em frente a ele, sem lhe dar mais atenção do que dariam a um cadáver. O duplo quadro que apresentavam a esposa lacrimosa e o marido melancólico e sombrio, separados um do outro no meio da festa, tais como as duas metades do tronco de uma árvore que tivesse sido partida por um raio, despertou no coração da condessa algo que se assemelhava a uma profecia. Cresceu em seu peito o terror das vinganças que a aguardavam no futuro. Seu coração não se havia ainda pervertido o suficiente para que a sensibilidade e a indulgência fossem dele totalmente banidas; ela apertou a mão da duquesa e agradeceu-lhe com um desses sorrisos que trazem em si uma certa graça infantil.

– Minha querida menina – disse-lhe a velha ao ouvido, – lembre-se doravante que nós podemos repelir as homenagens dos homens tão bem quanto sabemos atraí-las.

– Se você não se portar feito idiota, ela é sua!...

Estas últimas palavras foram cochichadas ao ouvido do coronel Montcornet pela duquesa de Lansac, enquanto a bela condessa se deixava dominar pela compaixão que lhe inspirava o aspecto terrível de Soulanges, porque ela percebera que o amava ainda mais sinceramente quanto mais desejava restitui-lo à felicidade da paz conjugal; dentro de seu coração, prometeu a si mesma empregar inteiramente o poder irresistível da sedução que sabia ainda exercer sobre ele com o objetivo único de reconduzi-lo de volta à sua esposa.

– Ah, mas eu vou dar os melhores conselhos!... – declarou esta à duquesa de Lansac.

– Não, não faça nada disso! – exclamou a duquesa, ao recostar-se novamente na poltrona que havia deixado. – O que você tem de fazer é escolher um bom marido e trancar sua porta a meu sobrinho, caso ele insista em visitá-la. Sequer o trate com amizade. Pode acreditar, minha filha, mulher alguma gosta de receber de volta o coração de seu marido das mãos de outra mulher. Ficará cem vezes mais feliz se acreditar que foi ela mesma quem o reconquistou. Ao trazer aqui minha sobrinha, acredito que dei a ela uma excelente ocasião de recuperar a afeição de seu marido. A única cooperação que lhe peço é que vá seduzir o general.

A duquesa indicou com um gesto o amigo de desembargador, provocando um sorriso no rosto da condessa.

– Tudo bem, senhora, ficou sabendo finalmente o nome daquela desconhecida? – indagou o barão, com um ar um tanto ofendido, quando se encontraram a sós.

– Fiquei – disse simplesmente a sra. de Vaudrémont, fitando o desembargador.

Seu rosto demonstrava tanto sagacidade quanto alegria. O sorriso espontâneo que ressuscitara em seus lábios e sobre suas faces e a luz úmida que brotava de seu olhar pareciam fogos-fátuos a iludir os viajantes incautos.

Martial, que acreditava que ela ainda o amava, assumiu os ares de proprietário com o qual um homem seguro de si mesmo demonstra convencimento e presunção ao lado da mulher amada; e indagou, cheio de vaidade autoindulgente:

– E não vai ficar aborrecida comigo se eu parecer interessado demais em saber esse nome?

– E não vai ficar aborrecido comigo se – replicou madame de Vaudrémont –, por causa do restinho de amor que ainda lhe tenho, eu não lhe disser nada, a fim de evitar que faça a menor tentativa de conquistar essa jovem dama? Sabe que isso pode colocar em risco sua vida?

– Senhora, perder sua boa vontade para comigo significa perder muito mais que a vida.

– Martial – disse severamente a condessa –, já que está mesmo tão interessado em saber, seu nome é madame de Soulanges. O marido dela está armado e vai lhe rebentar os miolos, se é que o senhor ainda os tem.

– Rá! Rá! Rá!... – o vaidoso soltou uma gargalhada. – Mas então o coronel deixará viver em paz quem roubou o coração dele e vai brigar só por causa da mulher? Mas que atitude mais estranha!... Escute, dê-me sua permissão para dançar uma única vez com aquela pequena dama. Assim a senhora terá a prova de como era escasso o amor que lhe votava aquele coração de neve, porque, se o coronel se zangar só porque eu dancei com a esposa dele, depois de ter suportado estoicamente que eu tenha tirado dele a senhora...

– Acontece que ela ama o marido.

– Mais um obstáculo que eu terei o prazer de superar...

– Mas não vê que ela é uma senhora casada!?...

– Grande coisa...

– Ah! – exclamou a condessa, com um sorriso amargo. – Vocês, homens, nos desprezam tanto por nossos erros quanto por nossos arrependimentos.

– Por favor, não se aborreça! – exclamou Martial com emoção. – Ah, por favor, perdoe meu atrevimento. Acabou, terminou, não quero mais nem ouvir falar nessa madame de Soulanges.

– O que o senhor merece é que eu o mande para ela.

– Pois então, eu vou – disse o barão, sorrindo. – E voltarei mais apaixonado pela senhora do que jamais estive... A senhora verá que a mais bela mulher do mundo não pode se apoderar de um coração que já lhe pertence inteiramente.

– Isso significa apenas que você quer é ganhar o cavalo do coronel...

– Mas que patife! Então esse traidor lhe contou nossa aposta?... – respondeu o rapaz, rindo e ameaçando com o dedo seu amigo sorridente.

O coronel aproximou-se, e Martial cedeu-lhe o lugar junto da condessa, a quem disse com uma expressão sarcástica:

– Senhora, cedo o lugar a um homem que se gabou há poucos minutos de que esta noite seria suficiente para que ele a conquistasse.

Ao se afastar, aplaudia-se mentalmente, pensando ter ferido o amor-próprio da condessa e prejudicado os planos de Montcornet. Todavia, apesar de sua sofisticação habitual, não tinha percebido a ironia que envolvia as sugestões de madame de Vaudrémont, nem tampouco lhe passara pela cabeça que ela estava tão interessada no general quanto seu amigo estava nela, embora nenhum dos dois soubesse ainda das intenções do outro. No momento em que o desembargador se aproximava todo emproado do candelabro sob o qual a condessa de Soulanges, pálida e lacrimejante, só demonstrava estar ainda viva pelos olhares que lançava, o marido desta chegava junto à porta do salão de baile, e eram os olhos dele que brilhavam de ódio. A velha duquesa, que observava tudo, correu em direção a seu sobrinho, pediu que lhe desse o braço e que lhe emprestasse a carruagem, porque realmente precisava ir embora, sob o pretexto de estar mortalmente entediada, embora de fato o que pretendia era impedir um escândalo lamentável. Antes de partir, ela fez um sinal de cabeça à sobrinha, designando o cavalheiro atrevido que se preparava para falar com ela, um sinal que claramente lhe dizia: "Aproveite a ocasião e cobre sua vingança!...".

A condessa de Vaudrémont surpreendeu o olhar que se passara entre a tia e a sobrinha e uma iluminação súbita percorreu sua alma, enchendo seu coração de terror, ao perceber que tinha sido ludibriada por aquela velha tão ardilosa e tão acostumada a tecer suas intrigas. "Mas aquela duquesa pérfida!..." disse consigo mesma. "Enquanto me pregava lições de moral, estava se divertindo o tempo todo e só queria me usar para conseguir o que queria..."

A esta reflexão, o amor-próprio da condessa de Vaudrémont passou talvez a demonstrar um interesse ainda mais forte que o despertado anteriormente por sua curiosidade no sentido de desenrolar o fio dessa intriga. Seu espírito ficou tão envolvido por essa preocupação que ela perdeu o controle de si mesma. O coronel, interpretando de modo favorável a seus propósitos o claro embaraço revelado pelas respostas e pelas maneiras da condessa, tornou-se ainda mais ardoroso e insistente. Os velhos diplomatas calejados pela sociedade, cujo maior divertimento era observar o jogo de expressões que passava pelas fisionomias, nunca haviam encontrado de uma só vez tantas intrigas para acompanhar ou adivinhar. As paixões que agitavam os dois pares diversificavam-se a cada momento naqueles salões animados, representando-se também em outros rostos com outras variedades de matizes. Infelizmente para eles, o espetáculo de tantas paixões vivas, de tantas brigas de amor, de tantas vinganças doces, de tantos favores cruéis, de tantos olhares inflamados, de toda aquela vida crepitante que se desenvolvia a seu redor somente fazia com que sentissem mais claramente sua própria exclusão. Finalmente, o barão conseguira sentar-se ao lado da condessa de Soulanges. Sua vista pousava disfarçadamente sobre o pescoço fresco da moça como o orvalho, que exalava um perfume que recordava as flores do campo. Admirava agora de perto a beleza que tanto lhe chamara a atenção de longe. Podia contemplar os pezinhos calçados em sapatos finos, enquanto media com a vista seu corpo flexível e cheio de graça. Nessa época, a moda era que as mulheres erguessem a cintura de seus vestidos para colocá-la justamente abaixo dos seios, à imitação das estátuas gregas, um estilo impiedoso para qualquer mulher cujo busto apresentasse o menor defeito. Ao lançar olhares furtivos para estes seios, Martial ficou encantado com a perfeição das formas[24] da condessa.

– A senhora ainda não dançou uma única vez esta noite – disse ele, com voz doce e aduladora. – Não será por falta de cavalheiros, presumo?...

– Nunca participo das festas da sociedade, senhor. Sou perfeitamente desconhecida por aqui – respondeu com frieza a condessa de Soulanges, que não compreendera o olhar com que sua tia procurara induzi-la a aceitar a corte do barão.

Sem saber bem como continuar, Martial fez reluzir o belo diamante que ornamentava sua mão esquerda, e as

---

24. Essa moda de cintura alta tornou-se conhecida como "estilo Diretório", por alusão à junta que governou a França nos anos que antecederam a ascensão de Napoleão. (N.T.)

centelhas emitidas pela pedra pareceram acender um súbito clarão no espírito da jovem condessa, que se ruborizou e contemplou o barão com uma expressão indefinível.

– E a senhora gosta de dançar? – perguntou o provençal, a fim de prosseguir na conversa.

– Ah, gosto muito, cavalheiro.

Ao escutar essa resposta inesperada, seus olhares se encontraram. O jovem, surpreso pela súbita vivacidade da interlocutora, que acendeu em seu coração uma vaga esperança, fitou os olhos da mulher com uma interrogação muda.

– Pois bem, senhora, não seria um atrevimento muito grande de minha parte pedir que me concedesse a honra de ser seu par na próxima contradança?...

Uma perturbação que revelava sua ingenuidade tingiu novamente de vermelho as faces límpidas da condessa.

– Cavalheiro, acabo de recusar o convite de um dos dançarinos, um militar...

– Será por acaso aquele coronel de cavalaria, aquele homem alto que está sentado bem à nossa frente?

– Precisamente.

– Ah, não se preocupe, ele é meu amigo e não vai se ofender. Quer dizer então que vai me conceder o favor que tenho a ousadia de esperar?...

– Sim, cavalheiro.

Essa voz demonstrava uma expressão tão nova e tão profunda que a alma calejada do desembargador fraquejou. Sentiu-se invadir por uma timidez de colegial, perdeu por um momento toda a segurança de sua vaidade, sua cabeça meridional inflamou-se, quis falar, mas todas as frases que lhe vieram à cabeça pareceram sem sentido, comparadas com as respostas espirituosas e finas de madame de Soulanges. Sentiu-se aliviado quando começou a contradança. Em pé, frente a frente com sua bela dançarina, ele se sentiu mais à vontade. Para muitos homens, a dança em sociedade é uma maneira de ser; eles pensam que, ao exibir as habilidades de seu corpo, conseguem influenciar o coração das mulheres com muito mais eficiência que ao tentar seduzi-las pelo espírito. Sem a menor dúvida, o provençal desejava naquele momento empregar todos os poderes de sedução que estivessem a seu alcance, utilizando para isso todos os seus gestos e movimentos. Conduziu sua recente conquista à quadrilha, sabendo que as mulheres mais sedutoras do salão atribuíam uma quimérica importância à dança, uma atividade social que lhes parecia superior a qualquer outra. Enquanto a orquestra executava a melodia que servia de prelúdio à primeira figura da contradança, o barão sentia uma incrível sensação de orgulho satisfeito quando, ao passar em revista as dançarinas enfileiradas no ponto de partida daquela desafiante competição, percebeu que o vestido de gala e as joias da condessa de Soulanges podiam comparar-se até mesmo aos de madame de Vaudrémont que, por acaso ou intencionalmente, completava com o coronel a quadrilha do barão e da dama azul. Todos os olhares se fixaram por um momento sobre madame de Soulanges; um murmúrio de lisonja anunciou que ela era o objeto da conversação de cada cavalheiro com seu par. Os olhares de inveja e de admiração fixavam-se tão claramente nela que a jovem, envergonhada por um triunfo que parecia não só não ter buscado, como tampouco querer aceitar, baixou modestamente os olhos, enrubesceu e ficou assim ainda mais encantadora. Se erguia às vezes as pálpebras muito alvas, era apenas para enxergar seu muito excitado par, como se ela quisesse atribuir a ele a glória de todas aquelas homenagens e dizer que preferia o companheiro a todos os demais; mas sua sedução era mesclada de inocência ou talvez ela parecesse entregar-se àquela admiração ingênua, que é o primeiro passo para o amor, com toda a boa-fé que somente se encontra nos corações dos jovens... Quando ela começou a dançar, todos os espectadores imediatamente se puseram a imaginar que ela somente mostrava seus encantos para Martial; embora fosse tão modesta e alheia às artimanhas dos salões, ela sabia, tão bem quanto a namoradeira mais experiente, levantar os olhos diretamente para os dele e baixá-los logo a seguir com o que parecia ser um recato estudado, mas nem por isso menos cativante. Quando as novas regras da contradança, que tinham sido inventadas pelo dançarino Trénis e que receberam por isso o nome de trenita, colocaram Martial frente a frente com o coronel, aquele murmurou sorridente:

– Ganhei seu cavalo...

– Pode ser, mas perdeu oitenta mil libras de renda – replicou-lhe o coronel, indicando com a cabeça a sra. de Vaudrémont.

– E que me importa isso?... – sussurrou de volta Martial. – Madame de Soulanges vale milhões...

No final daquela contradança, mais de um cochicho foi assoprado em mais de um ouvido. As mulheres menos bonitas davam lições de moral a seus pares, condenando o que parecia ser a recente ligação amorosa de Martial com a condessa de Soulanges. As mais belas espantavam-se com a facilidade com que ele realizara a conquista. Os homens não podiam compreender a sorte que tivera o pequeno desembargador, em cujo aspecto físico aparentemente insignificante não percebiam nada de encantador. Algumas mulheres mais indulgentes diziam que ainda era muito cedo para julgar o comportamento da condessa; a juventude seria muito infeliz se bastassem olhares mais expressivos ou alguns passos de dança graciosamente executados para comprometer a reputação de uma mulher. Somente

Martial conhecia a extensão de sua felicidade. Já na última figura, quando as damas que dançavam a quadrilha iam formar o molinete, seus dedos apertaram os da condessa, e ele pareceu sentir, através da pele fina e perfumada da luva, que os dedos delicados da moça correspondiam a seu apelo amoroso.

– Senhora – disse-lhe, no momento em que a contradança findou –, não retorne àquele cantinho horroroso onde escondeu até agora seu rosto e seu vestido de gala... Será que a admiração que despertou durante a dança é a única recompensa auferida por esses diamantes que adornam seu pescoço tão alvo e pelos cachos de seus cabelos tão bem penteados? Venha dar um passeio comigo pelos salões a fim de apreciar melhor a festa e gozar o prazer que sua visão desperta...

Madame de Soulanges acompanhou seu sedutor, o qual pensava vaidosamente que, quanto mais a exibisse aos olhos de todos, com tanto maior certeza ela lhe viria a pertencer. De braço dado, os dois deram algumas voltas ao redor dos grupos que se acotovelavam pelos salões da mansão. A condessa de Soulanges, inquieta, parava alguns instantes antes de se decidir a entrar em cada sala e só penetrava nela depois de ter esticado o pescoço para correr os olhos e identificar todos os homens que lá se achavam. Esse medo, que enchia de alegria o coração do pequeno desembargador, somente parecia acalmar-se quando ele dizia à sua trêmula companheira:

– Não se preocupe: ele não está aí.

Desse modo, acabaram chegando a uma imensa galeria de quadros, localizada em uma das alas da mansão, ao longo da qual se poderia antegozar o magnífico aspecto de uma mesa em que se haviam colocado os alimentos mais diversos, frios, doces ou frutas, preparados para trezentas pessoas, uma refeição que na época era chamada de ambigu.[25] Ao perceber que iam anunciar a refeição, Martial conduziu a condessa para uma saleta oval, cujas janelas se abriam para o jardim, em que as flores mais raras e alguns arbustos ornamentais haviam sido dispostos de modo tal a dar a impressão de um pequeno caramanchão perfumado, guarnecido por brilhantes cortinados azuis. O burburinho da festa quase nem se escutava. Ao chegar ali, a condessa estremeceu e, por um momento, recusou-se a entrar junto com seu jovem par; todavia, depois de lançar uma vista de olhos sobre uma vidraça, percebeu que não iam ficar sozinhos, porque outras pessoas já andavam por ali; depois disso, aceitou de boa vontade ir sentar-se junto dele em uma otomana.

– Esta peça é deliciosa – comentou, enquanto admirava um painel azulado representando o firmamento enfeitado de pérolas.

– Tudo aqui está destinado a despertar o amor e o desejo – disse o jovem, em um tom de voz cheio de emoção.

Ajudado pela misteriosa claridade que iluminava todos os recantos do jardim, ele contemplou a condessa e surpreendeu em seu rosto docemente agitado uma expressão mista de embaraço, pudor e ao mesmo tempo desejo que o deixou encantado. A jovem sorriu, e esse sorriso pareceu colocar um ponto final no combate de sentimentos que lutavam em seu coração; da maneira mais encantadora,

25. Refeição especial que não era servida nem nas horas, nem conforme as regras habituais que determinavam a etiqueta do jantar ou da ceia. Todos os alimentos eram servidos juntos e colocados à disposição dos convidados, com os pratos empilhados de antemão sobre a mesa ou sobre as mesinhas laterais, os buffets, de onde surgiu a expressão atual, "bufê" ou "bifê". Todavia, as pessoas não se serviam pessoalmente, mas indicavam o que queriam e em que quantidades, sendo servidas então pelos lacaios. (N.T.)

ela segurou a mão esquerda de seu adorador e tirou-lhe do dedo o anel sobre o qual seus olhares se haviam detido anteriormente.

– Mas que lindo diamante! – exclamou com a expressão ingênua de uma menina que se deixa levar pelo aspecto atraente de uma primeira tentação.

Martial, emudecido pela carícia involuntária, mas embriagadora, que lhe fora feita pela condessa enquanto lhe retirava o anel, pousou sobre ela um olhar mais cintilante que os reflexos da pedra.

– Fique com ele – exclamou. – Queira usá-lo como recordação desta hora divina e como prova do amor que...

Ela o contemplou com uma expressão tão extasiada, que ele não conseguiu mais se conter, curvou-se e beijou-lhe a mão.

– O senhor está me dando de presente...? – disse ela, parecendo um pouco espantada.

– Se dependesse de mim, eu lhe daria o mundo inteiro!...

– Está falando sério? – indagou ela, com a voz alterada por uma satisfação quase incontrolável.

– A senhora vai aceitar de mim somente o meu diamante...?

– Prometa-me que nunca irá pedi-lo de volta? – exigiu ela.

– Jamais.

Ela enfiou o anel no dedo. Martial, contando com um sucesso próximo, fez uma tentativa de enlaçar a cintura da condessa, mas ela se ergueu de repente e disse-lhe com uma voz clara, despida de toda e qualquer emoção:

– Cavalheiro, não sinto o menor escrúpulo em aceitar este diamante, porque ele me pertence.

O desembargador ficou tão perplexo que não conseguiu dizer uma só palavra.

– O sr. conde de Soulanges tirou-o de cima de minha penteadeira há pouco tempo e depois me disse que o havia perdido...

– Minha senhora, acredito que esteja enganada – balbuciou Martial, com um ar ofendido. – Eu recebi esse anel de madame de Vaudrémont...

– Precisamente – respondeu ela, com um largo sorriso. – Meu marido me roubou esse anel, deu para ela, ela o deu de presente a você, ele viajou e agora voltou para mim, foi só isso. Talvez agora este anel me diga umas quantas coisas que ignoro e me ensinará o segredo de agradar sempre a todos... Cavalheiro – continuou ela –, se ele já não fosse meu, tenha certeza de que eu não teria corrido o risco de pagar tão caro por ele, porque, segundo dizem, qualquer jovem corre perigo ao lado do senhor... Olhe só!... – acrescentou, enquanto fazia saltar uma mola e mostrava um pequeno esconderijo por baixo da pedra – Os cabelos do sr. conde de Soulanges ainda estão aqui dentro...

Ela saiu pelos salões com tal rapidez que parecia inútil querer alcançá-la. Além disso, Martial tinha ficado tão confuso e humilhado que não sentia a menor disposição para tentar a aventura. O riso da madame de Soulanges ecoou dentro da saleta de onde o jovem vaidoso enxergou, entre dois arbustos, o coronel e a condessa de Vaudrémont, que se riam dele às gargalhadas.

– O senhor quer meu cavalo para correr atrás de sua conquista? – zombou o coronel.

O bom humor com que o barão suportou as brincadeiras feitas às suas custas pela condessa de Vaudrémont e por Montcornet permitiu-lhe conservar a discrição dos dois sobre os eventos daquela festa, em que seu amigo havia trocado seu cavalo de batalha por uma mulher jovem, bela e rica.

Enquanto a condessa de Soulanges atravessava as ruas que separam a Chaussée d'Antin do Faubourg Saint--Germain, onde ela morava, seu espírito estava dominado pela maior inquietação. Antes de deixar a mansão de Gondreville, ela havia percorrido todos os salões, sem encontrar sinal nem de sua tia, nem de seu marido, porque não sabia que eles haviam saído antes, sem esperar por ela. Pressentimentos assustadores vieram então atormentar sua alma ingênua. Testemunha discreta dos sofrimentos suportados por seu marido depois que a condessa de Vaudrémont o havia atrelado à sua carruagem, ela esperara com confiança que seu esposo se arrependesse e voltasse para ela. Desse modo, fora com incrível repugnância que ela havia consentido no plano arquitetado por sua tia, a duquesa de Lansac, e, naquele momento, tinha grande receio de haver cometido um erro. O baile enchera de tristeza sua alma cândida. Inicialmente, horrorizara-se com o ar sombrio e sofredor do conde de Soulanges, depois se apavorara ainda mais ao ver a beleza de sua rival, ao passo que a visão da sociedade corrupta que a rodeava lhe havia partido o coração. Ao passar sobre a Pont-Royal ela jogou nas águas do rio os cabelos profanados que ainda se encontravam sob o diamante, cabelos que o marido lhe oferecera um dia como prova de um puro amor. Chorou ao recordar os intensos sofrimentos que a vinham fazendo padecer há tanto tempo e estremeceu mais de uma vez ao pensar como o dever das mulheres que desejam conservar a paz conjugal as obriga a ocultar no fundo do coração, sem proferir uma só queixa, angústias tão profundas como as que sentira.

– Ai! – gemeu ela. – E como suportam tudo isso as mulheres que não amam? Onde se encontra a fonte de sua indulgência? Não posso acreditar, como me disse minha tia, que baste a razão fria para sustentar tanto devotamento.

Ela suspirava ainda quando o lacaio abaixou o elegante estribo da carruagem para que ela descesse e corresse rapidamente para o vestíbulo de sua própria casa. Subiu a escada às pressas e, ao chegar em seu quarto, teve um sobressalto de terror ao avistar seu marido sentado junto à chaminé da lareira.

– E desde quando, minha querida, você vai a bailes sem mim e sem sequer me prevenir?... – indagou ele, com a voz alterada pela raiva. – Você já deveria saber que uma mulher casada sempre fica deslocada na ausência do marido. Você parecia extremamente abatida naquele canto escuro em que se aninhou...

– Ah, meu querido Léon! – respondeu-lhe com uma voz carinhosa. – Simplesmente não fui capaz de resistir à felicidade de vê-lo sem que você me visse... Foi minha tia que me levou a esse baile e fiquei tão contente de ter ido...

Suas palavras e seu tom de voz desarmaram o conde, que pôs de lado sua reprovação fictícia, porque, na verdade, era a si mesmo que ele estava recriminando ferozmente, enquanto aguardava cheio de apreensão o retorno de sua esposa, a qual, sem a menor dúvida, ficara conhecendo durante o baile a infidelidade que ele esperava esconder; segundo o costume dos amantes que se sentem culpados, ele tentara, ao interrogar a condessa em primeiro lugar, evitar a sua cólera mais do que justificada. Contemplou silenciosamente a esposa em seu vestido de gala e enfeitada com o melhor gosto, de tal modo que ela lhe pareceu então mais bela do que nunca. Feliz por ver o marido sorrindo e por encontrá-lo em um quarto que, nos últimos tempos, ele visitava cada vez com menor frequência, a condessa o encarou com tanta ternura que o rosto dele se avermelhou de vergonha e ele foi obrigado a baixar os olhos. A clemência que ela manifestava inebriou Soulanges ainda mais, porque aquele encontro vinha logo depois dos tormentos pelos quais ele havia passado durante o baile. Segurou a mão de sua esposa e a beijou, cheio de gratidão. E por acaso a gratidão não é uma parte muito importante do amor?

– Hortense, o que é que você tem no dedo que me machucou tanto os lábios? – perguntou ele, ao mesmo tempo em que ria baixinho.

– Ora, é o meu diamante, que você disse ter perdido e que agora eu achei.

O general Montcornet não chegou a se casar com a condessa de Vaudrémont, embora tenham passado algum tempo se entendendo muito bem. Ela foi uma das vítimas daquele lastimável incêndio que tornou para sempre célebre o baile oferecido pelo embaixador da Áustria, por ocasião do casamento do imperador Napoleão com a filha do imperador Francisco II.

Julho de 1829

lepmeditores

www.lpm.com.br
o site que conta tudo

IMPRESSÃO:

PALLOTTI
GRÁFICA

Santa Maria - RS | Fone: (55) 3220.4500
www.graficapallotti.com.br